Elias Holl

Die Selbstbiographie des Elias Holl, Baumeisters der Stadt Augsburg 1573-1646

Elias Holl

Die Selbstbiographie des Elias Holl, Baumeisters der Stadt Augsburg 1573-1646

ISBN/EAN: 9783743632523

Hergestellt in Europa, USA, Kanada, Australien, Japan

Cover: Foto ©Raphael Reischuk / pixelio.de

Weitere Bücher finden Sie auf **www.hansebooks.com**

Einleitung.

Ich habe der nachstehend zum Abdruck gelangten Selbstbiographie des berühmten Augsburger Baumeisters Elias Holl nur wenige Worte vorauszuschicken. Vor allem muss ich bemerken, dass dem Abdruck — wie schon ein flüchtiger Durchblick der kleinen Schrift erkennen lässt — keineswegs die originale Aufzeichnung, sondern eine aus dem Jahre 1707 herrührende Abschrift zu Grunde liegt. Dieselbe befindet sich als Anhang in dem von der' Hand des Meisters herrührenden sogenannten Baumeisterbuch und wurde jedenfalls von einem späteren Familienglied oder Freunde Holls, in dessen Besitz sich im genannten Jahr jenes Baumeisterbuch befand, nach der Originalaufzeichnung abgeschrieben. Die letztere scheint uns leider verloren gegangen zu sein, was um so mehr zu bedauern ist, als der Abschreiber offenbar nicht mit der nöthigen Sorgfalt und Kenntniss zu Werke gegangen ist.

Jenes Baumeisterbuch, welches später auf eine nicht näher bekannte Weise in das städtische Archiv gelangte, ist ein von Holl selbst abgefasstes und niedergeschriebenes, durch zahlreiche Zeichnungen erläutertes System der Geometrie und Bauconstructionslehre. Ueber den Charakter und die Veranlassung seiner Arbeit schreibt der Meister am Eingang derselben Folgendes: „Anno 1620, als ich Elias Holl durch Gottess Gnadt und Beystand dass newe Rathhauss alhie volendet und auss gebautt habe, da habe ich meiner obliegenden geschäfft halber etwas mehr Weil und Zeitt bekohmen. So habe ich mir gleich im Namen Gottess fürgenomen, in dieses Buech etwass wenigs auffzerreissen wass ich etwan von Jugendt auff gestudiert und gelernett habe und wass ich auch in meinen Werkhen und Gebewen für einen gebrauch gehabt diss und jeness zu pawen und zu machen. Und ob ich wol nur mehr in dem fünffzigsten Jar dess alters und mein gesicht nit mehr taette mit der hand wie vor etlichen jaren, jedoch hab ich solches Einzeichnen schlecht und gering nit wollen underlassen von wegen meiner Sön, so heut oder morgen dises möchten etwan geniessen oder auch andere meiner nachkohmen. Und ist disess nit von der Mainung geschehen, dass ich mir wolte ein Ruehm dardurch machen, sonder nur zur gedehtnuss, dass es ins Künfftig mir noh ingedench bleibe und ich andern, so ich dass Leben von Gott noch lenger haben solte, auch dessen underweisen köndte, darzu gott sein gnad verleihe. Amen!"

Die von uns mitgetheilte Aufzeichnung ist nicht ausschliesslich Selbstbiographie des Meisters. Zutreffender würde vielleicht die Benennung „Hauschronik der Familie Holl" sein, da von Seite 1—14 Nachrichten über Holls Voreltern, insbesondere über seinen Vater Johannes Holl mitgetheilt sind. In ihre jetzige Gestalt wurde die Chronik jedenfalls von Elias Holl gebracht, welcher ältere Familien-Aufzeichnungen an die Spitze stellte*) und daran seine eigene Lebensbeschreibung reihte.

Der Schlussabsatz unseres Abdruckes rührt nicht mehr von Holl, sondern wahrscheinlich von dem Abschreiber her. Auf dessen Angabe gestützt nahm man bisher das Jahr 1637 als das Todesjahr Holls an. Durch die neuerliche Auffindung des Grabsteines des Meisters hat sich jedoch das Jahr 1646 als das eigentliche Todesjahr herausgestellt. Die schlichte Grabschrift meldet:

*) Es geht dies daraus hervor, dass bei den den Vater Holl betreffenden Nachrichten der letztere meist in eigener Person sprechend aufgeführt ist. Dass der Sohn diese Aufzeichnungen des Vaters vielfach aus seinem Gedächtniss erweitert hat, zeigt die Stelle auf S. 14.

Anno 1646. Adi 6. January
starb der Erbar Elias Holl, Statt-
Werkchmeister allhie, dem Gott gnedig sei. Amen.

Anno 1608. Adi 30. January starb
die erbar Maria Burkhartin seine liebe
eheliche Haussfrau, die gebar ihm 8 Kinder. Der Gott gnedig sey. Amen.

Anno 1635. Adi 21. November
Starb die Erbar Rosina Reischlerin,
seine liebe Haussfraw. Die gebar im
13 Kinder. Der Gott gnedig sei. Amen.

Allein Du lieber Herr Jesu Christ
Mein einziger Trost und Hoffnung bist
An Dich glaubt ich, hab Dir vertraut
Derhalb hie und dort ewig wol gebaut.

Die Veröffentlichung der Selbstbiographie rechtfertigt sich — abgesehen von ihrem inneren, namentlich auch für die Culturgeschichte der späteren Renaissancezeit werthvollem Gehalt — schon durch die Bedeutung ihres Verfassers. Kein heimischer Künstler lebt in gleicher Stärke im Volksmunde seiner Vaterstadt fort wie Holl. Nicht nur das Augsburg des siebenzehnten Jahrhunderts, auch noch das heutige ist zum grössten Theile sein Werk. Durch ihn vollzog sich in einer Schnelligkeit und Siegesgewaltigkeit, für die die gesammte Kunstgeschichte kein zweites Beispiel aufzuweisen hat, die Umwandlung der Gothik in die Renaissance*. Holls Vater hatte noch

* Eine eingehende Schilderung der Bauthätigkeit Holl's findet sich in Lübke's Geschichte der deutschen Renaissance (Stuttgart 1872) S. 412—422. Vgl. auch die geistvolle Charakteristik des Meisters bei Riehl, Augsburger Studien (Deutsche Vierteljahrsschrift, Jahrg. 1858. S. 161 u. fg)

gothisch gebaut (Kirche und Thurm des Sternklosters): beim Sohne dagegen fehlen auch die leisesten Anklänge an die alte Bauweise. Wiederholte Reisen nach Venedig hatten ihn ganz und gar zur neuen Lehre der Renaissance bekehrt, die er dann auch in seiner öffentlichen und privaten Bauthätigkeit mit einer Energie zur Geltung brachte, die neben den vielen, für alle Zeiten bewunderungswürdigen Monumenten, die sie geschaffen, doch auch manches köstliche Denkmal der Vorzeit dem beklagenswerthen Untergang geweiht hat. Hierin liegt die Grösse, aber auch die Schwäche unseres Meisters. In Revolutionszeiten des Geschmackes wie der Politik — bemerkt Riehl feinsinnig — hat man eben keinen Pardon für geschichtliche Ueberlieferungen. Was Holl noch stehen liess, das bewältigten rasch seine Nachfolger, so dass es heutzutage wohl keine zweite alte deutsche Stadt gibt, die so wenige Reste der Gothik aufzuweisen hat, wie Augsburg.

Zum Verständniss für auswärtige Leser bemerke ich noch, dass die von mir an den Rand beigefügten römischen Ziffern und arabischen Zahlen die heutzutage geltende Häuserbezeichnung repräsentiren.

Starb Eliä Hollen seel. Ur-Anherr, welcher Jacob Holl geheissen Anno 1487.
und 74 Jahr seines Alters war, ein Maurer; seine Ehewürthin, so Regina geheissen, starb 2 Jahre nach ihme in dem 61. Jahr ihres Alters. 1489.

Acht Tag nach St. Lorenzen-Tag hat Elia Hollen Anherr, Nahmens 1511.
Sebastian Holl, Hochzeit gehalten mit seiner Haussfrauen Veronica, und 11 Jahr mit ihr im Ehestand gelebt, auch darinnen durch Gottes Seegen mit ihr 6 Kinder erzeuget, Nahmens: Apollonia, Anna, Johannes (dieser ist Elias Hollen Vater worden), Veronica, Matthäus, Regina. Dieser Sebastian Holl, so auch ein Maurer war, hat neben anderen Gebäuen auch das Pfarrhaus bey St. Ulrich gebauet; der Lit. B. 41. Pfarrhaus bey St. Ulrich
Zimmermann, so ihme daran geholfen, hat geheissen Jörg Miller.

Starb dessen liebe Haussfrau Veronica im 38ten Jahr ihres Alters; 1522.
hat auch 23 Jahr nach ihr im 63ten Jahr seines Alters ermeldter Sebastian Holl sein zeitliches Leben beschlossen.

Hat Eliä Hollen lieber Vater seel. Nahmens Johannes Holl mit 1538.
Apollonia Reichlerin um Bartholomäi Hochzeit gehalten, war den 22. Augusti.

Vierzehn Tag nach Pfingsten gebahr mir meine Haussfrau ihr 1539.
erstes Kind, Veronica genannt.

Acht Tag vor Lichtmess begabte mich Gott zum andern mahl mit 1541.
einem Erben, nehmlich wieder eine Tochter Apollonia.

Beschehrte mir Gott den 3ten Erben, einen Sohn Johannes ge- 1542.
nannt, so 6 Wochen vor St. Jacobs-Tag gebohren worden.

Erfreute mich Gott mit dem 4ten Erben, so wieder ein Sohn und 1544.
Jacob genennet worden.

Gebahr mir mein Haussfrau das 5te Kind, nehmlich eine Tochter, 1545.
so Apollonia genannt worden.

Gebahr meine Haussfrau das 6te Kind, acht Tag nach St. Martins- 1546.
Tag, ward ein Sohn und Jacob genannt, starb 1622.

1548. Am Montag nach St. Michaelis-Tag beschehrte mir Gott das 7te Kind, nehmlich einen Sohn, Nahmens Abraham.

1551. Den 30ten May gebahr mein Weib das 8te Kind, so auch ein Sohn und Abraham genennet worden.

1552. Den 14ten May Morgens um 4 Uhr ward mein Weib des 9ten Kinds erfreuet, nehmlich mit einer Tochter, so Veronica genennet worden.

1554. Den 6ten October beschehrte mir Gott den 10ten Erben, einen Sohn, so Tobias genennet worden; hab bey Nürnberg zu Erlasteg*) das Gut und Mühl kauft, und sich daselbst gesezt und wohl gehaust.

1556. Den 6ten August ward mir das 11te Kind gebohren, so ein Sohn und Jacob genannt.

1557. Den 13ten August Morgens um 9 Uhr begnadigte mich Gott mit dem 12ten Kind, so ein Sohn und Tobias genannt.

1570. Den 17. Julii Morgens um 2 Uhr starb mir meine liebe Hausfrau Apollonia, so eine kurze Person war, im 54ten Jahr ihres Alters.

1571. Verheyrathete ich Hanns Holl eine Tochter Veronica zu einem Venediger Becken Nahmens Paulus Prieler, sonsten von Kihlenthal**) gebürthig, haben hier den 2ten Dezbr. Hochzeit gehalten und seynd darauf den 17ten Dezbr. im Nahmen Gottes nach Venedig abgereist.

1572. Den 10ten Jenner habe ich Hannss Holl mich zum andermahl in den hl. Ehestand eingelassen mit der erbaren Jgfr. Barbara Hohenauerin und den 30ten Januarii meinen Hochzeit-Tag gehalten, ward gebohren 1557, starb 1607 den 30ten August, ihres Alters 50 Jahr.

1573. Beschehrte mir Gott bey dieser meiner Haussfrauen den ersten Erben, so ein Sohn war und Elias genannt worden, ward gebohren den 28ten Februar an einem Samstag.

1574. Den 28ten Julii am Mittwoch Abends um 11 Uhr ward meine Haussfrau ihres andren Kinds bey mir erfreuet, so ein Sohn genannt Daniel; hat der Mutter Magd, eine Regenspurgerin, geheyrathet, hiess Elisabeth Essähin, eines Sailers Tochter, ward 121 Jahr alt; er starb vor ihr im 43ten Jahr seines Alters.

1575. Den 28ten Juli Morgens um 8 Uhr gab mir Gott den 3ten Erben, nehmlich eine Tochter, so Barbara genennet worden.

1576. Den 20ten Septbr. Mittags zwischen 11 und 12 Uhr gelag meine Haussfrau ihres 4ten Kindes, so ein Sohn und Matthäus genannt ward.

1577. Den 19ten Decbr. Mittags um 11 Uhr erfreute mich der Höchste mit dem 5ten Kind, so ein Sohn und Sebastian genannt ward.

*) Erlenstegen, Dorf bei Nürnberg.

**) Kühlenthal, Bez.-A. Wertingen.

Den 22ten Jenner beschehrte mir Gott das 6te Kind am Donnerstag 1580.
um 1 Uhr, so ein Sohn und Esaias genannt ward.

Den 9ten Juli beschehrte mir Gott das 7te Kind, so eine Tochter 1581.
und Anna Maria genannt ward, lebte nur 8 Wochen.

Den 1ten April gelag meine Haussfrau ihres 8ten Kinds, nehmlich 1584.
eine Tochter, so auch Anna Maria genannt ward.

Habe also mit meiner ersten Haussfrauen gezeuget 12 Kinder und mit der andern 8 Kinder.

Summa 13 Söhne und 7 Töchter.

Folgen etliche Gebäu, so Johannes Holl allhie gethan.

In der Becken-Gassen hat er dem alten Bartholomä Scheurlen Ao. 1564.
ein schön grosses Würthshauss von Grund auf gebauet, mit schönen ge- Lit. A.
wölbten Kelleren, 4 Gaden hoch und 60 Schuh breit, hat eine herrliche 134 135.
schöne Hofraitung sammt einem feinen Garten, ist jezund das Evangelische Waysenhauss gewest biss 1699, nun aber ist es dem Scheidlin, Lindauer Botten. Das hinter Gebäu am Afra-Gässlen und der Garten ist seit 1716 das Evangl. Zuchthauss.

Hat er Holl sein Hauss, so vor dem Waysenhauss jezo Georg 1564.
Scheidlens Hauss herüber stehet, auch von Grund auf neu gebaut, mit Lit. A. 328.
einem schönen zierlichen Ausschuss, 4 Gaden hoch, und hat dieses Hauss unten feine gewölbte Keller durchaus und 3 Läden, ein Wasch-Kuchel und Badstuben (gehört jezunder dem Gregori, Schlosser 1707).

An diesem Hauss noch ein anders Hauss renoviert, welches ein Lit. A. 329.
Saur-, jezund ein Süss-Beckenhauss ist, auch gemaurt, hat ein Bachstätt oder Bach-Ofen und 4 Zinss-Gemäch, seyn sonst diese beede Häusser grundeigen, gehört jezund . . . . Schwegler, Beck.

Das dritte Hauss am Becken-Hauss ist ein Farb-Hauss und hat zu Lit. A. 330.
diesen zweyen gehört, das hat man auf Begehren Eines Ehrsamen Raths zum neuen Waysen-Hauss zu kaufen geben, dass man am Lech, so an diesem Farb-Haus fürüber fleusst, könne ein Wasser-Rad einhänken, das Wasser ins Waysenhauss zur Nothdurft zu schöpfen; dieses Wasser-Werk ist aber schon vor langer Zeit abgegangen und gehört jezunder dem Georg Göbel, Kornmesser.

Dem Herrn Caspar Ertinger,*) einem vornehmen Kaufmann, ein 1555.
Hauss von Grund auf gebauet, darin neulicher Zeit noch der Melchior Lit. A. 4.

*) Soll heissen Ettinger.

Erhart, welcher gleich neben dem Hammann, Tucherer, gewohnt; und ist diss Hauss am Berg hinten dreymahl auf einander gewölbt und mit grossen Kosten erbauet worden, habe deswegen zur Verehrung einen schönen vergoldeten Becher mit seinem Nahmen und Wappen gestochen.

1556. Dem Hrn. Gressen in hl. Creuzer-Gassen ein schön gross gemaurt
Lit. D. 190 und 192. Hauss aufgeführt und von Grund auf erbaut, unten durchaus gewölbt, 3 Gaden hoch, mehr im Hof zwei schöne Abseithen, auch 3 Gaden hoch, die eine alles auf einer Säulen mit gewölbten Gängen, mehr hinten gegen die Crottenau ein Zwerch-Hauss, daran mein Sohn Elias Holl auch arbeiten helfen, ist auch 3 Gaden hoch, unten durchaus gewölbt, ist also diese Behaussung mit Gebänen um den Hof herum eine stattliche Hofraitung und ein schön burgerlich Hauss, hat vor wenig Jahren der Junker Jacob Wagner darinnen gewohnt, jezt aber Hr. Martin Beck, Handelsherr.

1554. Dem alten Ertinger,*) der ein Färber und Mangmeister war, viel
Lit. C. 191. und 193. an seinem Hauss gebauet, zween Gaden daran aufgesetzt, auch einen Ausschuss daran gemacht, und stehet dieses Hauss hinter der neuen Mezg.

1559. Dem alten Herrn Paler, Bürgermeister, an seinem Hauss am Milch-
Lit. D. 158 Markt einen schönen runden Ausschuss gemacht, und einen neuen Schiesser, auch eine Abseithen im Hof aufgebauet, jezo Herrn David und Christian von Stetten.

1562. Dem Herrn Jeremias Walther auf dem Perlach das Eckhauss von
Lit. D. 16. Grund auf und wohl gebaut, unten durchaus gewölbt, ist auch dissmahls die Abseiten und Hinterhauss im Hoff alles neu erbaut worden, worinnen Herr Fesenmayr war.

1562. Dem alten Hrn. Stenglin, des jezigen Hrn. Burgermeisters Vater,
Lit. D. 35 und 36. das Hauss, darinnen der Gewürz-Laden ist, von Grund neu und zierlich gebaut mit einem schönen Ausschuss, und ist dieses Hauss durchaus gewölbt, 4 Gaden hoch, jezo dem Peter Leyr**) gehörig.

1562. Dem alten Hrn. Bernno das Eckhauss am Obstmarkt, ein herrlich
Lit. D. 88. 89 schön gross Hauss, von Grund aufgebaut sammt einer Abseithen und hinter Hauss im Höfle, ist unten durchaus gewölbt, hat 2 Läden und 2 Ausschuss, ist 4 Gaden hoch und gehört jezund Titl. Hrn. Benedict Mayr, Handelsherr.

1584. Dem Herrn .... Schreiber, Lindenmayr genannt, Gastgeber ob
Lit. A. 29. dem Weinmarkt, in unterschiedlichen Jahren in seinem grossen Hof viel

*) Soll heissen Ettinger.

**) Soll heissen Peter Laire.

gebaut, etliche Häusser neu von Grund aufgeführt, und das vorder Hauss gegen dem Weinmarkt mit vielen Erkeren zu kleinen Stüblen gebaut, oben ein Dach, auch anders Dings mehr, jezo der Frau Obladin.

Dem Hrn. Jonas Weissen in hl. Creuzer-Gassen ein herrlich schönes grosses Hauss von Grund auf mit schönen grossen Kelleren, und ob der Erd im ersten Gaden alles durchgewölbt, hat einen schönen Hof, im Hof rings herum schöne Abseithen, alles durchaus trefflich wohl gebauet, wie noch heutiges Tags zu sehen, ist 4 Gaden hoch, jezo Titl. Hrn. Christian Münchs Wohnhauss. 1568. Lit. D. 174

Dem Hrn. Joachim Jenisch ein herrlich schön und gross Hauss gebaut von Grund auf, stehet am Eck oder ist das Eckhauss am Milch-Markt, hat . . Gaden, ist unten durchaus schön und hoch gewölbt, hat auch im Hof noch 2 neu gebaute Häusser oder Abseiten, ist ein stattlich schönes Burgers-Hauss; vor wenig Jahren wohnte Hr. Junker Hanuss Jakob Jenisch darinnen; diss Hauss hat auch 2 schöne Ausschuss; jezo gehört es Hrn. Balthasar Gullmann, Handelsherr. 1560 Lit. D. 75 und 76.

Dem alten Matthäus Mansiele ob dem Creuz in der langen Gassen sein Hauss von Grund auf neu gebaut und tiefe Bier-Keller darein gemacht, gehört jezo . . . Stemmer, Braun-Bierprauer. 1560. Lit. F. 222 bis 225.

Einem Becken, Ostertag genannt, das Eck-Hauss am St. Afra-Gässlen von Grund auf neu gebaut, 4 Gaden hoch, sammt einem feinen Ausschuss, auch das Bach-Hauss mit sammt dem Bach-Ofen, Brunnen und anderm fein zugericht, wie noch vor Augen zu sehen. 1560. Lit. A. 137 und 178.

Dem Hrn. Dr. Stenglen ein fein Hauss ganz aufgebauet mit einem schönen Ausschuss, ist 3 Gaden hoch, stehet bey St. Anna und gehört noch den Stenglischen zu, jezo aber Hrn. Carl Gutermann, Handelsmann. 1570. Lit. D. 287.

Dem Hrn. Nicolaus Bemerl*) ein Danzhauss, ein schön gross Hauss, neu erbaut, mit einem Ausschuss, und ist dess Hauss 3 Gaden hoch, unten durchaus gewölbt, im Hof 2 schöne Abseithen. Item ein Zwerchhauss, auch 3 Gaden hoch, oben darauf eine Altana mit Kupfer bedeckt, mehr im hintern Hof am Hundsgraben auch eine hohe Abseithen wegen Einsehens, sehr bequem und wohl erbauet, hat ein grosses Geld gekost. 1571. Lit. A. 7 und 81.

Weiter so hat auch . . . . . . Kappenzippel in seinem Garten viel gebaut, zwey schöne Häusser, item einen schönen Saal im Garten, auch hohe gerade Mauren gegen der Stadt-Maur, von wegen Einsehens. So hat er auch viel in den Zinsshäusseren, so an diesem Garten herum stehen, gebauet, insonderheit ein Zinshauss mit vielen Gemächeren von Lit. G. 90 bis 92.

*) Soll heissen Hemer.

Grund auf neu aufführen lassen, hat also dieser hier viel Tausend Gulden in etlichen Jahren verbaut.

1573. Den 6ten Dezbr. bin ich Hanuss Holl der Aeltere von denen Wohlgebohrnen Hrn. Herren Marxen, Heinrich, Jacob und Hanussen Gebrüder die Fugger Freyherren zu Kirchberg und Weissenhorn etc. etc., meinen gnädigen Herren, zu ihrem täglichen Maur- und Werkmeister aufund angenommen worden anstatt ihres verstorbenen Meister Jörg Allgöwers, habe auch auf dato von dem Edlen und Vesten Hrn. Michael Geizigkoffler anstatt und im Nahmen der obwohlernannten meiner

Lit. B. 229 bis 234. gnädigen Herren einen Bau und Arbeit zu Augspurg in der Pfaffengassen gelegen, nach laut der darüber sagenden Brieffen, so wir aufgericht, deswegen zu einem Beding bestanden, das Taglohn der Maurer und Taglöhner betr. Habe also im Nahmen Gottes dieses Jahr den 8ten Dezembris angefangen 3 grosse Häusser zu bauen, dieses seynd die gemeinen Fuggersche Häusser in der Pfaffen-Gassen, so noch also genannt. Item die gemeine Stallung oder gemeine Fuggersche Hof, gleich vor dem Gögginger Thor herüber.

1576. Die Kirchen und Thürmle im Closter zum Stern genannt von Grund

Lit. C. 272. auf neu gebaut, daran der Sohn Jonas Balier sein Kunst auch sehen lassen, dann es ein schön und künstliches Kirchlein und Thürmlein, nicht gross aber zierlich von geschnittnen und bachnen Steinen; und hat der Herr Weyh-Bischoff sammt Herrn Stadt-Pfleger Peutinger neben meinem Vater den ersten Stein an diesen Bau gelegt, hernach hat man mich Elias Hollen, seinen Sohn von 3 Jahren, auch in Grund hinab gehabt zur Gedächtnuss, und hat mir die Frau Meisterin einen goldenen Schau-Pfennig, daran ein Salvator, geschenkt und an Hals gehängt.

1577. Dem Hrn. Naidhardt vor Hl. Creuzer-Thor draussen ein neu bur-

Lit. F. 362. gerlich Hauss mit einer Abseithen, hinten ein Höflein von Grund aufgebauet.

1578. Dem Hrn. Matth. Aichhofer*) auf dem Heumarkt ein herrlich

Lit. B. 263 bis 265. gross und stattlich Hauss, als eines hier seyn mag, sammt desselben Gängen,

219 bis 221. Hofraithung, alles von Grund auf neu erbaut, mit einem schönen hohen Gewölb auf 6 steinernen Pfeiler, sammt einer Einfahrt und schöne Neben-Gewölber, mit einer schönen Abseithen im Hof, ein schönes Sälen im Garten; und gehet diese stattliche Behaussung hinten auf den Plaz gegen der Schrand hinaus, hat auch dahinten ein Zwerchhauss zu einer Zinss-Wohnung, wie noch heutiges Tages zu sehen ist.

*) Soll heissen Heinhofer.

Dem Hrn. Oesterreicher in Jacober-Vorstadt in seinem schönen Garten ein schön gemaurt Hanss auf Pfeiler und Duft-Steine, über die Fisch-Gruben und viel anders Dings alldorten mehr. Weiter diesem Herrn auf dem Brodmarkt hinten am Hundsgraben ein schön Hauss, 7 Gaden hoch zu einer Schreib-Stuben gebaut, ist oben als eine Altana mit Kupfer bedeckt, ehemalen das Wegelerische, jezo aber das Johann Jacob Gutermännische und Sebald Ruprechtische Hauss gewesen. 1580. Lit. H 94 bis 95. Lit. C. 10

Bald nach meiner Hochzeit im July, ehe dann ich die Meisterstuck gemacht, habe ich dem Edlen Vesten Junker Melchior Illsung zu Kissingen in Bayern angefangen zu bauen, und in seinem Schloss eine schöne zierliche Garten-Maur auf runden Pfeilern und Bögen, eine schöne Abseithen von Grund auf nen gebauet, und nachdem ich Meister worden bin, habe ich diesem Herrn hier neben dem Collegio in seiner Behaussung auch etliche Sachen gebauet.

Eben in diesem Jahr dem Wohlgebohrnen Hrn. Hrn. Jacob Fugger in ihrem gräfl. Schloss zu Wöllenburg das aussere Schloss-Thor von Grund auf mit einer aufziehenden Brucken gemacht und aufgebaut, mit Quater-Stucken gezieret und stark von Mauerwerk gemacht, und im nächsten Jahr hernach daselbsten einen gewaltigen Bau sollen anfangen, worzu ich die Visirung schon aufgerissen hatte, aber eben diss Jahr ist dieser Herr mit Tod abgangen, dass also nichts aus diesem Bau worden. Hatte mit diesem Herrn, ehe er mit Tode abgangen, im Pfaffen Gässlein in seiner Hofhaltung allerley gebauet, aber nach seinem Tod kein Lust mehr gehabt auf dem Land draussen vil zu bauen. Wellenburg

Den 25. May hab ich die Meister-Stuck meines Handwerks fürgerissen und bin auf Dienstag Meister worden; meine Geschaumeister und des Handwerks Vorgeher waren Spizendrat, Mstr. Conrad Stoss, Mstr. Jacob Ross, Mstr. Wolf Sindler. 1590.

Acht Tage nachdem ich Meister worden bin, war meine erste Arbeith und Gebäu mit einem Geselln, so Hanns Fischgatter geheissen und Ao. 1630 zu Ulm hernach gestorben, weilen er sich wegen der leidigen Reformation hinüber begeben, sonsten 36 Jahr mein Maurers-Gesell gewesen, ein guter Arbeither, und ein Mörtelrührer und zwey Buben, in einem Hauss unten am Hundsberg eine kleine Abseithen im Hof gebauet und darein Stuben und Kammern einer kleinen Kirchen und darunter ein gewölbte Stallung und das grosse Hauss auch übergangen und gedeckt, ferner 1596.

Lit. D. 134. In diesem Jahr dem Hrn. Elias Jenisch im Thälen seine 2 Häusser auch gedeckt und anders mehr in diesen Häusseren gebessert, etlich Camin auch verkehrt. Zu der Zeit hatte ich 6 Maurers-Gesellen.

1597. Hr. Weyhmayr, Kaiserl. Notarius, hat diese Häusser hernach bekommen.

1597. Lit. F. 227. Dem Matthäus Mausiele, Bierpren ob dem Creuz, zween Gaden auf sein Hauss gebaut, daran gemaurter Gang mit runden Pfeilern und Bögen, mehr eine neue Preu-Pfannen eingemaurt, eine neue Dörre gemacht, und viel anders mehr; wie ich dann dieses Jahr viel kleine Neben-Arbeithen etwan auf 2 oder 3 Gesellen gehabt habe, und sich meine Meisterschaft durch Gottes Gnad täglich gemehrt.

1581. Evangel. Collegium. Lit. D 229. Das Evangel. Collegium, welches nicht weit von St. Anna-Kirchen hinab ligt und einen grossen Begriff in sich hat, den mehrern Theil von Grund auf neu erbaut zu des Herrn Dr. Bergmillers Zeiten, welcher sammt anderen Herren solches angerichtet hat; im Hof hat es eine schöne lange Abseithen, 200 oder mehr Schuh lang, da hats schöne Gänge mit Pfeilern und Bögen zwey mahl ob einander, und anders Gebäues mehr, so er an diesem Orth verrichtet hat.

1586. Lit. F. 272. Dem Benedict Völcker, einem Fuggerischen Diener, ein neues Hauss aufgebaut mit einem Ausschuss, jezunder meinen Herren; oben ist deren von Goldschmidten ihr Handwerks-Stuben.

1587. Lit. D. 35 und 36. Dem Hrn. Matthäus Stenglin ein schön und neu Hauss von Grund aufgebauet, stehet gleich an des andern Stenglin Hauss vor dem Becken-Hauss herüber. An diesem Hauss hat Elias Holl, der ein Sohn anderer Ehe, gemaurt, war damahl 15 Jahr alt.

In der Becken-Gassen dem alten Rieden, Bierpreuen, ein gross Hauss sammt dem Preu-Hauss, welches gewölbt und oben darauf eine Stallung hat, ganz neu von Grund auf gebauet, ist ungefehr Ao. 1566 geschehen, die mein Elias Hollen Vatter sel. wie auch andere nachfolgende vergessen aufzuschreiben.

Dem Hrn. Kisling, Weinzahlern, ein schön Hauss von Grund auf neu gebaut mit schönen Stallungen, zweymahl obeinander gewölbt. Dieses Hauss bewohnt der Ulrich Lorenz, Gastgeber. Eben um diese Lit. A. 72 und 73. Zeit gleich ein ander Hauss darneben dem alten Scheuerle, Gastgeber, zwo Stallungen auf einander gemacht und die untern Gäng gewölbt wie beym Lorenzen.

Dem Westermeyr in St. Afen-Gässlen ein Stein gemaurtes Hauss sammt einer Abseithen von Grund auf neu gebaut. Gleich gegen diesem Hauss hinüber einem Herrn eine hohe Garten-Maur in seinem Garten aufgeführt; und ist an dieser Maur die Erde hoch beschütt mit sonderer Kunst und Pfeilern wie auch Eisenwerk versehen für Einfallen, wie es dann der Meister selber gerühmt hat.

Mehr hinter St. Ulrich ob dem Kizenmarkt ein neu Stein-Hauss von Grund auf gemaurt, stehet hinten am Eck beym obern Zwinger.

Weiter besser vornen ob dem Kizenmarkt einem Hrn. Schricken geheissen ein Hauss, darunter gegen dem Garten ein schönes Sälen gebaut.

Ferner in dem Gässlen bey dem steinernen Röhr-Kasten ob dem Kitzenmarkt ein fein gemaurtes Hauss sammt einer Abseithen von Grund auf neu gemaurt.

Dann dem ältern Herrn Ulrich Walther in seiner Behaussung auch viel gebauet, eine feine Abseithen und ein schön Sälen im Hof und anders mehr.

Dem Hrn. Bernhard Thoma,*) Weinzahler in der Kleesattler- Lit. B. 130 und 131.
Gassen, jezo Philipp Fuggerische Gässlen genannt, ein schön Hauss 3 Gaden hoch von Grund auf neu gebaut mit einem schönen runden Ausschuss, auch einer feinen Abseithen, hat bey wenig Jahren dem Georg Hercker zugehört, jezo aber dem ....

Dem Hrn. Hosser ein Eck-Hauss an St. Catharina-Gässlin eine schöne Abseithen gebaut, auch die Garten-Maur gegen dem Gässlen von Grund auf neu gemaurt und viel ander Ding in diesem Hauss hin und wider.

Dem Hrn. Philipp Stügel,**) einem Fugger. Diener, das Eck-Hauss Lit. B. 179.
auf der linken Hand im Bley-Gässlen von Grund auf neu gebaut mit einem Ausschuss, hat eine Abseithen im Höflen, und ist diss Hauss im untern Gaden ganz gewölbt, ein feines Hauss, jezund gehört es ....

Weiter einer Wittfrau, Lüzen genannt, in St. Catharina-Gässlen ein fein klein Häusslein mit einem Ausschuss von Grund auf neu gebaut, stehet gleich vor dem Closter herüber, gehört jezund ....

Item dem Wohlgebohrnen Herrn Jacob Fugger insonderheit und Lit. B. 183 und 204.
mehrentheils zu mein Elias Hollen Zeiten in ihrer hohen Behaussung in der Pfaffen-Gassen vor dem Zeughauss herüber mancherley gebaut, dann dieser Herr war ein wunderlicher Mann, hat alle Jahr gebaut und dann oftermahl wider abbrechen lassen.

Und erstlich fieng ich Elias Holl das erstemahl an zu mauren, 1586.
war 13 Jahr alt, da hatte mein Vatter von diesem Herrn ein Verding

*) Soll heissen Bernhard Daum.

**) Soll heissen Philippel Stürzel.

bestanden um etlich 100 fl. Das war ein grosse Abseithen im vordern Hof, die war lang 100 Schuh und zwey hohe Gaden, zweymal auf einander gewölbt, mit starkem Gemäur und eisenen Gitter versehen, und in diesem Gewölbe lauter eiserne Thüren, die Gewölber mit Urban beschütt und mit grossen Stucken gepflästert, also dass keine Träm oder Holzwerk in dieser ganzen Abseithen, damit solche vor Feur sicher seyn möge, darnach er seinen Schaz in starke eiserne Truchen verwahrt hat; ist auch diese Abseithen ob dem obern Gewölb mit Kupfer deckt, also dass es kein Boden darunter hat, gleichwie eine Altane.

Ich Elias Holl war hernach viel Jahr aneinander immer an dieses Herrn Gebäu, dann wie gemeldt haben wir alle Jahr zu brechen und zu verkehren, jezt eine Stallung, bald einen Tummel-Plaz daraus gemacht, und viel wunderlichs oftmahls verricht, und alles gern und wohl bezahlt, was es gekostet hat. Ich hatte an diesem Orth gut leben, hatte immer Wein genug, er führte eine stattliche Hofhaltung mit Essen und Trincken; dieser Herr hatte auch viel Diener und Gesind, auch gewaltig viel theure Pferd zu 8 biss 10 hundert Gulden; ich war diesem Herrn lieb, weil ich mich wohl in seinen sothanen Kopf schicken konnte. Er trank sich alle Tage gleich über Mittags-Mahlzeit voll, hielt eine Tafel, hat täglich gerne Gäste, die nur wohl sauffen konnten. Wollten mich ins Welschland schicken und seinen jungen Herrn Jörg, aber es ist meinem Vater widerrathen worden aus bedenklichen Ursachen. Ich für meine Persohn wär mit grossen Freuden mit gezogen, aber es sollte nicht seyn, ich hätte etwan nicht viel Gutes gelernet und wäre verderbt worden, war damahlen 12 Jahr alt.

Denen Wohlgebornen Herren Marx Fugger in ihrem Herren-Garten beym Schmelzer-Brügglen, da man auf den Bauren-Tanz gehet, ein schönes Hauss sammt einer schönen Abseithen mit gewölbten Gängen auf steinerne Schäfft gebaut, mehr im Garten darinn ein schönes Hauss, darunter ein Saal und andere Ding mehr, auch in diesen grossen Gärten mehrentheils alles von Grund auf gebaut, auch in dieser Herrn Wohn-Behaussung auf dem Weinmarkt auch sehr viel gebauet, gedeckt und verkehrt, wie dann in solcher grossen Hofraitnung sich zu begeben pflegt.

Lit. H. 328 und 329

Lit. B. 10 und 11.

Dem Herrn Leonhard Weissen im Thäle ein lang gross Hauss zu Zinss-Gemächeren von Grund auf neu erbaut.

Lit. D. 152 und 173.

Dem Herrn Pflaumen in seinem Eckhauss an der Juden-Gassen (Berg) ein schön Hinterhauss gebaut, hat dreymal gewölbte Gäng auf

Lit. C. 1 und 283.

einander und oben einen schönen Saal; dieses Hauss hat hernacher Herr Hochacher bewohnt.

Dem Herrn Gienger zu Berg in das Dorf zu Pfersen ein fein Schlösslein von Grund auf erbaut sammt dem Bau-Hoff, darin ein Abseithen zu Viehställen, Stadel und anders mehr.

Auch allhier in der Stadt viel Dings mehr in seinen Häussern gebaut auf dem Brodmarkt und in dem Hauss unterhalb des Perlachbergs. Lit. D. 9 und 24.

Hr. Matth. Hegen im Kohler-Gässlen ein neues Hauss von Grund auf gemaurt, daran gegen den Hof ein halb gewölbten Gang gemacht und vorne auf diesem Gang von halben Stein einen Gaden aufgemaurt und in Hof hinein eine schöne Abseithen, so lang der Hof ist, und einen schönen Garten auch daselbsten zugericht; dieser Zeit war Junker Schäler darinnen.

Dem alten Hrn. Herwarth bei St. Anna ein schön gross Hauss von Grund auf erbaut. Lit. D. 250.

Dem alten Herrn Lidol bei dem Röhr-Kasten vor der Juden-Gassen herüber sein Hauss gebaut mit einem Ausschuss, vornen gegen dem Blockgässchen auch einen, mehr im Hof eine lange Abseithen, darinnen die Schreibstuben und Gewölber, ist mit dreymahl gewölbten Gängen ob einander aufgeführt, auch sonsten mehrers darinnen gebauet. Lit. C. 31 und 169

Herrn Weisshaupt im Kohler-Gässlen ein fein Hauss von Grund auf gebaut mit einem Ausschuss, auch einer feinen Abseithen im Hof, alles unten gewölbt. Lit. F. 393 und 395.

Dem Herrn Rehmen eine Mahlmühl ausserhalb des Dorfs zu Lechhausen, wie man auf Stezlingen geht, schön von Maur-Werk aufgebaut.

Dem Herrn Hieronymus Rehlinger im Kappenzipfel ein herrlich schön und grosses Hauss gebauet sammt 2 grossen Abseithen mit gefürsten Dächeren, item hinten im Garten gegen der Stadt-Maur einen sehr grossen gemaurten Stadel, darunter einen schönen Garten-Saal, hat jüngsten Jahren Herrn von Zechen gehört. Lit. G. 139.

Herrn Marx Leonhard Rehlinger im Dorf zu Inningen zu oberst des Dorfs an seinem angefangenen Bau, so auf welsche Manier angefangen ward, so ihme ein hiesiger Schreiner, Wendel Dietrich, ein künstlicher Mann, angegeben. Dieser wunderliche Herr war mit seinem Werkmeister Hannss Bord zu Unfrieden, dass er ihme geurlaubt und mein Elias Hollen Vater an seine Statt genommen; der hat diesen Bau biss unter das Dach gebracht, den Thurm ganz aufgeführt, item den schönen Saal im Garten, welcher schon unter dem

Dach war und wider eingefallen, widerum recht und wohl aufgebaut und diesen Bau schier zu Ende gebracht; da wurden sie uneinig, war ein seltsamer Herr, wollte also mein Vater ihme nimmer pariren; er hatte meinem Vater einen Klepper angehänkt, dass er allzeit zum Bau hinausreiten konnte; und wie ich hinauf geschickt war, auf diesem Klepper meines Vaters Werkzeug abzuholen, dann ich arbeitete auch mit an dem Bau, da bekommt mir dieser Herr auf Gögginger-Strass mit seinem Knecht, der nahm mir das Ross auf freyer Strass wie ein Rauber; damahlen war ich 14 Jahr alt; ich habe entreiten wollen, der Knecht aber hat mich bald vorritten, mein Vater hat ihn verklagt, weil er aber sehr hoch und fürnehm war, gewann er nichts.

Auf dem Rossmarkt, nicht weit vom neuen Gang hinab, auch ein fein neues Hauss gebaut von Grund auf, zween Gaden hoch; und hat dieses Hauss im Mittel ein blind Eck ob dem Thor.

Dem Streifer, einem Mezger, hinten bey den Ketten auf dem Pläzlen ein fein Mezgers-Hauss gebauet, zween Gaden hoch, und hat diss Hauss im Mittel ein blind Eck ob dem Thor.

Lit. O. 311 und 312. Nicht weit von dem Vogel-Thor abwärts einem Mezger, so Reischle genannt, ein fein Hauss gemaurt sammt einer Abseithen, so bis in Sparren-Lech hinab gehet.

Mehr das Eck-Haus auf der Lederer-Hofstatt am Lech von Grund auf neu gebaut, worinnen der Abreel, Pergamenter, vor Jahren gewohnt und gehört jezund . . . .

Lit. A. 331. Nicht weit von diesem Hauss am mittlern Lech aufwärts ein grosses hohes Hauss von Grund aufgebaut, wohnt derzeit ein Lederer darinn, so Mögges*) heisst, und gehört jezund . . . .

1591 bis 1590. Lit. A. 334 und 335. Dem Caspar Konanz, Brierpreu an der Becken-Gassen vor St. Afra-Gässlen herüber, ein neu Prenhauss von Grund aufgebaut, hinten am Brunnen-Lech, unten durch gewölbt, mehr demselben im untern Hauss noch ein Keller unter den andern gebaut, das Hauss rings herum unterfahren, unten ausgegraben.

Dem Peter Gözet, einem welschen Cramer, gleich von des Herrn Harters Hauss, viel in diesem Hauss gebaut und das Hauss unten ganz durchgewölbt und viel Dings mehr darinnen gemacht.

Lit. A. 65 und 60. Dem Herrn Senftlen gleich unterhalb Prediger-Kirchen in seinem Hauss viel gebaut, sonderlich hinten gegen dem Hundsgraben eine

*) Soll heissen Negges.

hohe Abseithen gebaut, darinnen eine schöne Schreibstuben und der
Saal ist.

Den Herren Welserischen in der Stein-Gassen an ihrer Ein- Lit. D. 57.
fahrt einen grossen gemaurten Stadel von Grund auf neu geführt.

Bruntell,*) das Eckhauss am Gässlen gleich beym obgemeldten Lit. D. 50. 54.
Stadel, 3 Gaden auf seine Behaussung gesezt und den untern Gaden und 55.
also gericht, dass mans kan aufbrechen und einen gewölbten Thennen
machen, das ist Ao. 1621 geschehen, hats ein Junker Ammann genannt innen und aussen allschon zurichten lassen.

Dem Herrn Hanns Mehrer, Herrn Jacob Fuggers Kassier, 1500.
gleich vor dem Weberhauss hinüber ein schön Hauss von Grund auf Lit. C. 2.
gebaut. Diss Hauss hat einen schönen Ausschuss mit allerley Bildern,
Laubwerk von Gipss und Hafners-Erden gebrannt ziert. An diesem
Ausschuss hab ich Elias Holl damahls mein Kunst mit solcher Model-
Arbeith erzeigt, war bey 17 Jahr alt. Mehr haben wir dieses Hauss
unten auf 3 steinerne Pfeiler gewölbt schön hoch und im Hof auch
ein Zwerchhauss von Grund auf gebaut, welches des Bergs halben dreymahl aufeinander gewölbt, und ist auf diesem Zwerch-Hauss eine Altana
so gross als das Hauss mit Kupfer bedeckt, habe zu diesem Zwerch-
hauss den Grund 26 Schuh tief graben müssen. In dieser alten Behaussung war vorher der Herrn Fugger erste Schreibstuben, jezo
aber gehört es ....

Dem alten David Miller, Färber und Mangmeister, ein fein Lit. C. 324.
Hauss hinter der Pflader-Mühl herüber von Grund auf neu erbaut.
Dieses Hauss ist unten durchaus gewölbt und 3 Gaden hoch biss aufs
Dach, darunter eine Einfahrt im Hof hinein und gehört jezund ....

Dem Herrn Matthäus Stenglin, hart an des Herrn Burger- 1598.
meisters Stenglin Hauss, ein Hauss von Grund aufgebaut, unten Lit. D. 36.
alles durchaus gewölbt, auch in dieses Herrn Hauss vorüber ein schön
Gewürzhandels-Gewölb zugericht und gewölbt, so noch biss auf diese
Zeit Spezerey ist.

Dem Herrn Waiblinger ältern im Eck bey St. Anna-Kirch Lit. D. 249.
eine Behausung mit einer schönen Abseithen im Hof, seine Pfeiler gewölbt, von Grund auferbaut, gehen gar viel Hochzeiten in diesem Hauss
aus, gehört jezund ... von Stetten.

Dem alten Herrn Riederer gleich innerhalb Barfüsser-Thor, Lit. C. 217.
da zuvor sein alt Hauss abgebrannt, ein neues von Maurwerk auf-

---

*) Soll heissen Brunell.

gebaut mit einem Ausschuss, ist unten ein Beckenhauss und etlich Läden, jezo besitzts der Christian Hammerschmidt, aber jezo gehört es dem . . . .

Dem Herrn Langauer in der Kirchen bey St. Anna gleich bey dem Fuggerischen Thor eine schöne Capelle, in Form und Grösse wie das hl. Grab zu Jerusalem, dann dieser Herr in Jerusalem bey dem hl. Grab selbst gewest. Diesem Herrn auch zu Queuba*) in Schwabenland ein feines Schlösslein gebaut, ist sehr wohl gemacht.

Mehr im Rosen-Gässlen auf der rechten Hand, wie man hineingeht, ein schön gemaurtes Hauss mit einem Ausschuss, auch mit einer schönen Abseithen im Hof von Maurwerk aufgeführt.

Ferner im Rosen-Gässlen einem Mezger mit Nahmen Hefelin ein fein gemaurt Mezger-Hauss sammt einem Ochsen-Stall im Hof von neuem aufgebaut.

Biss hieher was mein Vater seel. Johann Holl allhier für furnehme Gebäu geführt, so er den meisten Theil selbst beschrieben, die andere, so mir wissend und er Alters halben vergessen, habe ich Elias Holl auch darzu gesetzt.

In die 59 Jahr die Meisterschaft des Maurers gebraucht, letzlich wie er dem Herrn Ulrich Lorenzen sein Hauss das Schuh-Hauss gebaut und zugericht, ist er krank und schwach worden und bey 3 Wochen zu Boden gelegen, hernach von Gott dem Herrn sanft und seelig aus diesem Elend genommen Ao. 1594 am Neuen-Jahrs-Tage, seines Alters 82 Jahr. Gott gnade seiner Seel!

Hat also mein Vater meine Mutter mit 5 Kinderen noch im Leben hinterlassen, nehmlich mich

Elias, war damahlen alt 20 Jahr.
Daniel, war alt 19 Jahr.
Matthäus, war alt 15 Jahr.
Esaias, war alt 14 Jahr.
Anna Maria, 10 Jahr.

Folget nun ferner mein Elias Hollen Verheyrathung, Bau-Verrichtungen und anders wie hernach zu ersehen.

Wie nun mein lieber Vater sel., wie oben vermeldt, mir mit tödtl. Hintritt entgangen und noch mehrers an dem Schuh-Hauss zu verrich-

*) Soll heissen Deubach.

ten und verbessren gewesen, haben mich die Meister der Maurer als einen ledigen Gesellen diese Arbeith nicht wollen verstatten auszumachen, sonderlich weil ich die Meister-Stuck nicht vorgerissen hatte. War also bedacht zu wandern und weg zu ziehen, aber Gott schickts anderst, dann mir eine schöne Jungfrau, Nahmens Maria Burkartin, des Christian Burkarts Kuttelwäschers sel., so ein vermöglicher Mann war, eheliche hinterlassene Tochter, deren Mutter am hintern Lech wohnte oberhalb der Schleiff-Mühl am Barfüsser-Thor. Sie benahme mir all mein Vornehmen und Wanders-Gedanken, ich setzte all meinen Sinn auf diese Jgfr. Maria, wie ich solche zu meiner Ehegattin haben und bekommen möchte; derhalben habe ich auch nicht ruhen können, biss mir solche ehelich zugesagt und versprochen worden.

Darauf nach viel gehabten Unterreden mit der Jungfer Mutter und Befreundten wurd mir diese meine liebste Jungf. Maria zugesagt und versprochen; da wir dann diss bemeldte 1595ste Jahr den 11. Febr. unter Abrede und darauf den 2. Maii die Hochzeit bey Martin Kollinger am Prediger-Berg in des alten Scheurlens Behaussung gehalten, seynd in des Hrn. Sebastian Zehen Behaussung aus und zu St. Anna in die Kirchen gegangen und wurden durch M. Riederer eingesegnet. Ich war damal 22 und meine Liebste 20 Jahr alt. 1595.

Den 25. Maii habe ich die Meisterstuck fürgerissen und bin darauf zum Meister erkannt worden. 1596.

Den 28. Maii starb mir meine liebe Schwiger Lidia Burkartin im 48sten Jahr ihres Alters.

Den 3. April beschehrte mir Gott Mittwochs in der Nacht zwischen 12 und 1 Uhr einen Sohn, ward Elias genannt, starb bald den 10. August. War 10 Wochen alt. 1596.

Den 22. Junii gebahr mir meine Haussfrau das andere Kind, nehml. wider einen Sohn, ward Johannes genannt, ward zu Hrn. Hannss Jakob Bayr, Goldschmidt, zum Handwerk gethan Ao. 1609. Hat aber kaum ausgelernet, da er dann in das 5te Jahr bey ihme gewesen, ist er krank worden, habe ihn also zu mir in das Hauss genommen, da er dann nach 9 Tagen an der hizigen Krankheit des Tods verblichen. 1597.

Den 26. Octob. beschehrte mir Gott das 3te Kind, so eine Tochter und Lidia genannt war, starb Ao. 1599 in blühender Jugend. 1598.

Den 29. Maii beschehrte mir Gott den 4ten Erben, so auch eine Tochter und Lidia genannt war, starb aber bald in wenig Wochen. 1600.

1601. Den 25. Junii gebahr mir meine Haussfrau das 5te Kind, so wider eine Tochter und Juditha genannt war, starb gleich darauf den 13. Sept.

1602. Den 14. Novbr. erfreucte mich Gott mit dem 6ten Kind, war abermahl eine Tochter, ward in der hl. Tauf Rosina genannt.

Die Gevatter zu denen 6 Kinderen waren Hr. Hyronymus Harter, Hr. Christoph Schmidt, beede Kaufleuth, und Sara Heissin, Meister Carl Heissen Weib.

1623. Den 6. Julii ist die Rosina dem Hannss Paulus Maulbronner, Goldschmidt, des Hrn. Hanns Maulbronners Sohn, allhier verheyrathet worden; war dato die Stuhlvest in meinem Hauss in der Schönauer-Gassen, den 26. Julii darauf sie auch die Hochzeit beym Hannss Kreitl im Sachsen-Gässl gehabt, und seynd bey Hrn. Ulrich Waibling aus zu St. Anna in die Kirchen gangen und hat der Herr Pfarrer die Hochzeit-Predigt gethan.

1627. Den 16. Septbr. starb ihre Bass die Neidhartin, Nahmens Rosina Burkartin, ihrer Mutter Schwester, welche zuvor den Balthasar Mayr den mittlen Blaicher gehabt und 28 Jahr mit demselben gehausst und im 56sten Jahr ihres Alters also ihr Leben beschlossen. Ist nach Abzug, was sie dem Neidhart vermacht und zugebracht, ihr übriges Vermögen auf ihre lebende Schwester oder Hinterlassenen, die Holl Dampflerin und dann auf meine Rosina Maulbronnerin gefallen, welches sie mit einander getheilt, sind meiner Tochter Rosina Maulbronnerin die 3 Häusser samt dem Garten in der langen Gassen auf dem Creuz zum Theil worden, so damahlen auf 3400 fl. geschätzt waren, sammt noch vielem Silber-Geschirr und baarem Geld, auch Haussrath und schöne Kästen, so alles zusammen auf 5500 fl. geschätzt ward.

Um welches ehrliche Vermögen aber sie ihr leichtfertiger, loser und ehrvergessne Mann, dieser Maulbronner, schier ganz und gar gebracht, ist hernach gar von ihr gezogen in die Frembde, weiss nicht wie er gestorben. Sie ist etliche Jahr ein betrübt verlassnes Weib gewesen, biss sie erfahren, dass er gestorben.

1628. Den 10. Febr. hernach hat sie sich zum andern mahl verheyrathet mit Johann Brückmann, Kramer und Wittiber, ... in das zweite Jahr eine Wittwe gewesen, hat sich wiederum zum drittenmahl Ao. 1655 den 10. Maii mit Georg Winter, Wittwer, Buch- und Kunsthändler, in den Stand der h. Ehe begeben, mit deme sie noch, so lang es Gott gefällig, in ehelicher Liebe leben thut.

Den 24. Maii beschehrte mir Gott das 7. Kind, so ein Sohn und 1604.
Elias genannt ware, starb im andern Jahr am Vergicht.

Den 22. Octobris erfreute mich Gott mit dem 8ten Erben, Frey- 1605.
tags Morgens zwischen 7 und 8 Uhren, so ein Sohn und Christoph in der h. Tauff genannt war, starb aber in 13 Wochen. Nach deme nun die Kindbett aus war, war meine liebe Haussfrau sehr krank, dass ihr endlich die Herren Doctoren den Saurbronnen riethen und Ao. 1606 gen Ueberkingen gesandt war, hat ihr aber wenig ersprossen.

Auf Hrn. Dr. . . . . . . Rath war sie ferner in das Leder-Baad 160'
geschickt, hat aber auch nichts gefruchtet; nach ihrer Heimkunft aus diesem Baad ist sie noch biss in die 9 Wochen lang krank gewesen, starb also Ao. 1608 den 30. Jenner in Christo selig. Nachdem ich nun 10 Wochen ein traurig und betrübter Wittwer war, sahe ich mich, um mein Hausshaben recht zu führen, wiederum um eine ehrliche Hausmutter um und bath Gott herzlich, dass Er mir eine rechte Taugliche beschehren wolle. Kame mir ohne Männiglichs Antrag des Hrn. Tobias Reischlens Tochter, Rosina, eine rechte Liebe sie zu begehren ins Herz; begehrte also durch etliche Leuth und Handlung ihrer zu einem Ehe-Gemahl, also dass es durch solche richtig ward und sie mir versprochen wurde. Habe darauf in Gottes Nahmen Ao. 1608 den 14. April mein Abred und darauf den 17. diss die Stuelvest, den 20. Maii aber am Aftermontag in Pfingsten die Hochzeit gehabt. Der Kirchgang gieng aus bey Herrn Zähen zu St. Anna in die Kirchen, die Hochzeit beim Kreiten im Sachsen-Gässlen.

Den 11. Martii, am Mittwoch Nachmittag um 1 Uhr, beschehrte 1609.
mir Gott bey dieser meiner lieben Rosina den ersten Erben, nehml. eine Tochter, ward in der h. Tauf Maria genannt.

Den 10ten Julii begabte mich Gott am Samstag mit dem andern 1610.
Erben, so auch eine Tochter und Anna Maria genannt ward.

Den 15ten Octobris gebahr mir meine Haussfrau das 3te Kind, so 1611.
ein Sohn war, ward bey St. Ulrich getauft und Elias genannt.

Ihn zum Maurer-Handwerk angestellt und Ao. 1629 gar in das 1624.
Handwerk-Buch einschreiben lassen, ist aber Ao. 1638 von dem Maurerwerk, weil er kein Lust darzu gehabt, hat Lust zum Mahlen gehabt und ist diss Jahr den 20. Octobr. bey Hrn. Martin Reinhard zum

Lernen eingestellt worden, hat 4 Jahr lernen müssen und 50 Thlr. Lehrgeld geben, ist Ao. 1642 den 3. Septbr. vor den Vorgeheren von Mahlern ledig gezehlet worden.

1613 Den 5. Jan. erfreute Gott meine liebe Hanssfrau mit dem 4ten Kind, so auch eine Tochter und Anna Regina genannt ward. Ao. 1633 hab ich diese Anna Regina mit Hrn. Bernhard Ehinger, so dieser Zeit Wein-Visierer war, verheyrathet, des Hrn. Elias Ehingers, gewesenen Bibliothecarii bey St. Anna allhier, Ehren-Sohn. War die Hochzeit den 11. Jan. dieses 1633sten Jahrs, ging aus bey Hrn. Philipp Einhofer zu St. Anna in die Kirchen, ward von Hrn. Pfarrer daselbst eingesegnet, die Hochzeit war bey Hanns Kreiten, wurden uns von meinen Herren 12 Kanten Wein auf die Hochzeit geschenkt, haben an diesem Dienstag die Hochzeit in meinem Hauss gehalten. Ao. 1635 den 25. Novbr. begaben sie sich, weil ihme das Visir-Amt genommen und der Reformation halber abgeschaft ward, beede nach Regensburg.

1614. Den 1. Martii bescherte uns Gott den 5ten Erben, so ein Sohn und in der h. Tauf Hieronymus genannt war, bey St. Ulrich getauft. Ao. 1625 den 28. . . . . ward er, das Goldschmidt-Handwerk zu lernen, eingeschrieben, bey Hrn. Hannss Ulrich Stossen 6 Jahr zu lernen. Ist Ao. 1631 den 28. Septbr. bey denen von Goldschmidten lossgezehlet worden als ein Gesell.

1635. Wie diese Stadt übergieng und wider kaiserlich worden, so haben meine 3 Söhne, nehml. Elias der Mahler, Hieronymus Goldschmidt und Hanns Kistlers-Gesell, den 28. Maii am Mittwoch mit dem Schwedischen Commandanten Hrn. Hanns Georg aus dem Winkel, unter dem alten Blaifing.-Regiment auch hinbegeben und alle drei wohl ausstaffiert und mundiert mit abgezogen und in den drei ersten Gliederen des Capitains-Lieutenants-Compagnie heraus marschirt. Hr. Commandant hat mir versprochen, dass sie diese meine 3 Söhne allemahl in gemeldtem Hrn. Capitains-Lieutenants Quartier sollen logirt werden, biss sie nachher . . . . . sicher kommen oder wohin der Marsch weiter hin solle, wollte sie dann lassen, wo sie ihrem Handwerk nach wollten, er wolle sie schon mit einem genugsamen Pass alsdann versehen und sollen von ihme unaufgehalten seyn. Und seyn zwar mit Erdultung grossen Ungemachs wegen überaus bössen Wetters glücklich nach Leipzig gelangt, aber alle drei bösse Füss bekommen.

1615. Den 25. April gebahr mir meine Hanssfrau das 6te Kind, Samstag Nachts zwischen 10 und 11 Uhr, war bey St. Anna getauft und Sara genannt. Hat den Andreas Hamburg, einen Goldarbeiter, geheyrathet, ist zu Wien 1659 gestorben und er auch bald darauf sehr elend in Steyrmark gestorben.

Bescherte mir Gott den 20ten Junii am Montag Nachmittag um 6 Uhr den 7ten Erben, so ein Sohn, bey St. Anna getauft und Johannes genannt wurde. 1616.

Den 22. April hernach habe ich diesen meinen Sohn Johann zu dem Handwerk gethan, dem Mr. Hannss Georg Härtel auf 3 Jahr zu lernen verdingt und 50 fl. Lehrgeld geben, den 20ten Maii ist er eingeschrieben worden und 1633 den 20ten Maii auf dem Mezger-Hauss dieser seiner Lehr-Jahren ledig gezehlt worden. 1630.

Erlangte ich durch Gottes Gnad und Seegen den 8ten Erben, an der Fastnacht Vormittag um 6 Uhr, bey St. Ulrich getauft und Christoph genennet worden. Diesen thate ich zu einem Goldarbeiter, Nahmens Christianus Hinderich, 6 Jahr zu lernen und 50 fl. Lehrgeld geben, ist den 14. Martii dieses Jahrs eingeschrieben worden. Weilen aber vermeldter Hinderich durch sonderl. Unfall aus der Stadt Ao. 1635 gemüsst, habe ich meinen Sohn zu einem andern Herrn, nehml. zu dem Hrn. Six Seiler gethan, da er dann seine halbe Zeit vollends erstreckt hat, geschehen den 12. . . . . Ao. 1635. Ist also hernach 1638 den 28. Febr. seiner Lehrzeit halber lossgezehlet worden. 1619.

Den 16. Maii bescherte mir Gott das 9te Kind, so ein Sohn, ward getauft bey St. Ulrich und Matthäus genennet. 1620.

Den 27. Julii ist der Matthäus zum Uhrmacher-Handwerk zu Martin Zoller gethan und dato eingeschrieben worden, solle 3 Jahr lernen und 50 fl. Lehrgeld geben. 1638 den 25. Julii ist mein Matthäus der Lehr-Jahr halben lossgezehlet worden. 1635.

Den 20. . . . . . . Samstag Abends zwischen 7 und 8 Uhren erfreute uns Gott mit dem 10ten Kind, so eine Tochter, bey St. Anna getauft und Barbara genennet worden, welche hernach Ao. 1626 den 20. Martii in Christo selig verschied. 1621.

Den 6. Octobris gegen Morgen zwischen 12 und 1 Uhr gegen den Dienstag ward meine Haussfrau ihres 11ten Kindes erfreut, so eine Tochter, bey St. Ulrich getauft und Sabina genannt worden: ist hernach dem Daniel Neuburger verheyrathet worden, so ein künstlicher Wax-Pousirer war und sich nach der Reformation mit ihr nach Wien hinab begeben. 1622.

1625. Den 28. Octobris gebahr meine liebe Haussfrau ihr 12tes Kind, Dienstag in der Nacht um 11 Uhr, war in der hl. Tauf Maria genannt und Ao. 1626 den 20. August in Christo selig entschlafen.

1618. Den 18. . . . . . . starb mein lieber Schwecher Tobias Reischlen, war die Leichen-Predigt bey St. Anna, seines Alters im 73. Jahr, war ein Gürtler seines Handwerks.

1627. Den 5. Octobris erfreute uns Gott mit dem 13ten Kind, in der Nacht gleich nach 11 Uhr, war ein Sohn und in der hl. Tauf Christianus genannt; und Ao. 1639 den 26. Junii ist dieser Christian zum Tobias Zeiler, Goldschmidt, in die Lehr gethan worden, soll 6 Jahr lernen und 40 fl. Lehrgeld geben. Hat hernach, wie er aus der Wanderschaft kommen, Ao. 1656 mit Hrn. Carl Ertels im Spengler-Gässlen Tochter Sabina Hochzeit gehalten, war ein Jahr bey seinem Schwecher in der Kost frey.

Folgt weiter, was ich Elias Holl von Zeit an als ich Meister worden durch Göttl. Beystand für Gebäu gemacht, vor und ehe ich würklich Stadtwerkmeister worden bin.

Lit. C 202. In diesem Jahr habe ich einem Schneider, Nahmens Sinnacher, in der Schmidtgassen, nicht weit von der Gehrmühl,*) ein Hauss von Grund auf gebaut, hat einen Ausschuss und 2 Läden, ist 3 Gaden hoch und gehört jetzund . . . .

1598. Dem Kaspar Konanz, Bierpräu an der Becken-Gassen, auf sein Lit. A. 224 und 225. Hauss 3 Gaden gebaut und mit 2 grossen Schiessern aufgemaurt, am vordern Schiesser habe ich selbst eine Sonnenuhr gemacht, ihm auch einen Keller unter dem oberen ausgegraben und gewölbt mit zieml. Gefahr, auch aussen das ganze Hauss mit einer neuen Austheilung von Quater-Stucken nur mit der Weise zu wegen gebracht, ist ein verdingter Bau gewesen.

Lit. A. 109. In diesem 1598sten Jahr habe ich der Wittfrauen Hanuss Mehreren ein klein Hauss bey St. Ulrich neben dem Hrn. Hunold von Grund auf neu gebauet, unten gewölbt und einen schönen Ausschuss mit Bilderen. Gehört jetzund . . . .

Lit. D 284. Mehr dem Hrn. Caspar Cron auf dem Heu-Markt, als er des Hrn. Burgermeister Kisslings Hauss gekauft, ihme in selbigem lang gebaut und viel darinn verkehrt an Gewölb, Stuben und anderm, habe

*) Soll heissen Gehmühle (jetzt Rainmühle genannt).

einen guten Bauherrn an ihm gehabt mit tapferer Bezahlung und mit Essen und Trinken nach aller Nothdurft.

Eben in diesem 1598sten Jahr dem Herrn Hieronymus Lit. A 8.
Harter anfangen zu bauen und am ersten eine Schreibstuben zugericht, auch im vordern Hauss ein Gewölb ausgebrochen und einen steinernen Schaft darunter gesetzt, dass jetzund der Thennen auf zwey Seyten frey stehet; item eine gemaurte Stiegen in diesem Thennen ins Haus hinauf, die Kuchen und anders zugericht und das Hauss neu decken lassen; mehr in dem obern Hof an der Abseithen, darunter die Schreibstuben ist, zwey schöne gewölbte Gäng halb ins Dach hinaus gewölbt, künstlich seynd beede Gäng obeinander mit Geländer und mit weissem Marmorstein gepflastert. So seynd auch gemeldte 2 Gäng sammt deren Decken darob unter der Altana, welche mit Kupfer gedeckt, alles mit zierl. Modelwerk gemacht, ingleichem auch die andere Abseithen gegen über und ein schön geziertes Sälen mit weisser Arbeit gemacht, oben ein gemauerte Stiegen biss unters Dach, so hat auch diese Abseithen eine Altana mit Kupfer gedeckt und gegen obermelte gewölbte Gäng von der einen Abseithen zu der andern herum am vordern Hauss ist der obriste Thennen auch wie die Gäng mit Marmorstein gepflastert etc.

Mehr im untern Hauss, so am Hundsgraben stosst, das alte Hauss 1500.
abgebrochen, die Hofstatt gemaurt und ein neues der Länge nach dem Lit. A. 30.
Hunds-Graben, 56 Sch. und 30 Sch. tief, zween Gaden hoch und auf 2 steinerne Pfeiler gewölbt, zu halb am Hauss gegen dem Hof ein gewölbten Keller gemacht, im obern Gaden auch eine schöne Stuben und 2 Kämmeren, davon eine schöne Kuchen und feinen Thennen. It. 2 Abseithen an dieses Hauss gebaut, 40 Schuh lang, eine schöne grosse Waschkuchen und Baadstuben, Wildbaad, eben darauf eine Stuben und Kammer, auch hats in der andern Abseithen eine Stieg biss in den obern Hof hinauf, die Pferd auf und ab zu führen, und unter dieser Stieg eine gewölbte Ross-Stallung.

It. dem Hrn. Wolfgang Sulzer in der langen Gassen in seinem 1598.
Stadel, so er erst kürzlich von neuem aufbauen lassen, 3 feine Zinss- Hrn. Wolfgang Sulzers Zins-Hauss.
Gemäch darein gebauet mit Stuben, Kammeren und Kuchen, auch Keller und heiml. Gemächen, haben auf alle 4 Orth Licht.

Dem Tobias Wiedemann, Bierpräu, in seiner Behaussung ein 1599.
neu Präuhauss zugericht und erbaut, Keller und Stallung gewölbt, eine Wiedemann, Bierpräu.
neue Dörr gemacht und viel anders verkehrt und zugericht etc.

1599. Dem **Hanns Fischer**, Bierpreu beim Fischer-Thörlen, in seiner Behaussung ein neu Präuhauss zugericht, neue Dörr gemacht, auch Thennen-Schwelk zugericht, auch einen Keller ausgegraben und gewölbt, neue Präu-Pfannen eingemaurt und viel anders mehr in diesem Hauss gebaut.

Lit. F. 28 und 49. Hanns Fischer.

It. Dem **Jörg Mausiele** in der Becken-Gasse vor meinem Hauss herüber auch viel gebauet, wie auch einen grossen Keller hinten unter der Stallung.

Georg Mausiele. Lit. A. 154.

1599. Dem Hrn. **Antoni Garben** in seiner Behaussung beym Weinstadel, so er von den **Hunoldischen** Erben gekauft, war der ober Gaden noch unausgebaut, hatte auch diese Behaussung keine Einfahrt, sondern 3 Stapflen zur Thür hinauf und hatte kein dreyeckigts Ausschüssl und sonsten auch inwendig schlecht gebaut, stosst oben am Gässl hinten an Affenwald, ein ziml. grossen Garten, alles mit Gemäur eingefangen. Hab diesem Herrn an diesem Bau 2 Jahr lang gebauet und 2 Einfahrten gemacht, das ganze Hauss durchaus gewölbt mit schönen Stuben, Kammeren, Kuchen, Thennen und schönen Gängen und die Gäng auf steinerne Pfeiler, im Hof herum mit Bögen und schönen Brust-Mäuren, auch gemeldte Gäng mit schöner zierl. Arbeith und Model-Werk wie auch die Thennen. Zu diesem Werk habe ich mit eigner Hand die Mödel von Birnbaumen-Holz gestochen und geschnitzt. Im Hof eine schöne Abseithen auch auf steinernen Pfeileren und auf derselben eine Altana mit Kupfer gedeckt, habe auch auf die Altana eine schöne Sonnen-Uhr selbst gemacht mit den Planeten, Stunden und Tag-Länge; auf der andern Abseithen einen schönen kleinen Saal mit einem steinernen Camin auf welsche Manier, auch mit einer weissen Arbeith geziert; am grossen Hauss gegen der Gassen 2 zierliche Ausschuss, dergleichen von bachnen Steinen nicht hier, wie noch zu sehen.

Lit. A. 73 und 40. Hrn. Ant Garben Hauss beim Weinstadel.

1600. Mit diesem Hrn. **Garben** den 18. . . . . . . auf den Andreas-Markt nacher Bauzen*) und nach 5 Tagen von dar geritten, mit Hrn. **Garben** selbst 12mahl nacher Venedig, geschah mir durch Hrn. **Holwig** daselbst grosse Ehre und besahe zu Venedig alles wohl und wunderlich Sachen, die mir zu meinem Bau-Werk ferner wohl erspriesslich waren, machte mich also nach diesem auf meine Heimreise und kam durch Gottes Seegen den letzten Januarii 1601 mit guter Gesundheit wieder nacher Hauss.

---

*) Bozen.

Dem Leonhard Steisslinger an der Becken-Gassen einen 1600.
schönen Keller gewölbt und wider beschütt, auch eine neue Kuchen Lit. A. 136.
und Herd zugericht und diss alles in 11 Tagen mit Verwunderung
vieler Leuth vollzogen.

Einem reichen Hucker und Methschenken, Jacob Maurmiller 1601.
genannt, als ich aus Welschland kam, noch einen Keller unter den
andern graben, die Mauren unterfahren und diesen Keller auch gewölbt sowohl als den obern darob, nicht ohne sonderbahre Gefahr, ist
mir aber wohl bezahlt worden.

Einem Kaufmann Heinrich Hänk bey der Prediger-Kirchen
eine Abseithen gebauet, viel anders mehr verkehrt und sonderlich die
Stiegen.

Den 27. Julii ist meiner Herren Giess-Hauss am Katzen-Stadel 1601.
abgebrannt, war damahlen nicht gewölbt, sondern nur mit Thräm über- Giess-Hauss
legt, darvon hab ich sammt meinen Gesellen stark helfen retten, biss abgebrannt. Lit. F. 122.
das Feuer ganz gelöscht worden, es hatte kein Garten-Werk, brandte
auf den Grund hinweg.

Dem Hrn. Steurnagel in seinem Hauss bey hl. Creuzer-Thor Lit. D. 175.
seinen Thennen über sich mit zierlicher Austheilung gemacht, die
Kuchen gewölbt mit Heerd und Kuchen neu gemacht, im Hof eine
schöne Abseithe und ein Sälin gegen dem Garten aufgeführt, auf das
Mittelhauss eine Altana mit Kupfer bedeckt gemacht und an derselben
Maur eine schöne Sonnen-Uhr ausgetheilt und gemacht.

Mehr im Thäle ein neu Hauss aufgebaut, dass man vornen und Lit. D. 153.
hinten durch kann. Diss Hauss hat 26 Sch. tief den Grund im Thälen,
ist unten ein Einfahrt und Stallung, alles durchaus gewölbt, hat eine
schöne Stube, zwo Kammern und Thennen, auch schön austäffert; das
hinter Hauss ist nur zwey Gaden hoch biss an das Dach; auch sonsten
in dieser ganzen Behausung viel verkehrt. Habe einen guten Bauherrn
an diesem Mann gehabt, hat mir bey der Arbeit einen schönen vergoldten Becher verehrt; dieses Hauss gehört jezund . . . .

Dem Hrn. Joh. Baptista Stenglin in seiner Behausung bey 1601.
dem Röhr-Kasten ob dem Milchmarkt herüber gelegen im Hof ein Lit. D. 213.
Zwerch-Hauss von Grund aufgebauet, darunter eine Waschkuche, Baadstube, Pferdstallung und ein Durchgang in das hintere Höfle gemacht,
ist alles durchaus gewölbt, oben darauf Zimmer und auf dieselbe eine
Altana gebaut; im vordern grossen Hauss gegen den Hof ein Kornzug

zwen Gaden hoch gemacht und viel anders Dings mehr. Hat mir nach verrichter Arbeit auch einen vergoldten Becher verehrt.

Meinem Schwager David Miller in diesem Jahr im August von Grund auf ein Farb-Hauss mit zwo Werkstatten aufgebaut und alles gewölbt, die eine mit 6 Farbkessel, die andere mit zween grossen Kesseln; ob diesen Werkstätten noch ein Gaden, darinnen Stuben, Kammer, Kuchen, Thennen, auch sonst ein Hof, ein grosse Stallung, Brodstuben und Waschkuchen, auch eine Altana gebaut und zu obrist am grossen Schiesser eine schöne Sonnen-Uhr ausgetheilt und gemacht; verehrte mir nach vollendeter Arbeit ein vergoldt Trink-Geschirr einer Birn gleich.

Mehr der Wittfrauen Imhof zu Unter-Meitingen ein Kirchle-Visier gemacht von Holz zu einer neuen Wallfahrtkirche vom Schloss hinauss aufs freye Lechfeld gebauet, ward zu unser Frauen-Hilfe genannt, und gerieth dieser Bau sehr wohl, wie noch zu sehen.

1601. Giess-Hauss-Verding. Lit. F. 133.

Den 30. Jul. nachdem wie vorgemeldt unser Giesshauss am Kazenstadel abgebronnen war, schickte Herr Matthäus Welser Bauherr nach mir und sagte mir, wohlwissend dass verschiener Tagen das Giesshauss verbronnen seye, aber zu Fortsetzung und Giessung allerhand Sachen bäldest ein anders vonnöthen hätten, sonderl. weil wir auch die Bilder zu den Röhr-Kästen auf dem Perlach zu giessen vonnöthen haben. Ihr älter Werkmeister Jacob Erschey seye nun sehr alt, dass er nicht mehr wohl fort könnte, sie wollten ein Verding auf ein neues Giess-Hauss zu bauen mit mir machen, mir alle Materialia darzu liefern lassen, solle ihnen allererst einen Abriss und Ueberschlag meiner Mühe und Unkosten machen und einliefern, und solle das Giesshauss durchaus gewölbt sein und so viel möglich auf etlich Pfeilern stehen. Herr Welser meldet auch, meine Herren hätten die Gebäu zu Venedig besichtiget und seien ausser Zweifel, dass ich davon abgesehen und gelernet hätte: das hätte meinen Herren wohlgefallen. Wenn ich vor meiner Dahinreise mich angemeldt hätte, wollten sie mich auf ihre Kosten hinein verlegt haben, und anders Anerbieten mehr. Brachte darauf die Visier neben meinen Ueberschlag, welches meinen Herren wohlgefiel, verdingten mir also in Gottes Nahmen um fl. 900. und vergonnten mir dazu zwey Zimmermann auf ihre Unkosten, welche mir zu förderlich Fortsetzung des Baus die Kisten und Bockstell zu den Gewölben machen müssen. Diesen Bau fieng ich beherzt an mit Freuden und vollendete solchen Bau bald und waren meine Herren damit auch wohl zufrieden.

1602. Becken-Hauss-Verding. Lit. C. 18.

Den 7. Januar verdingten mir die Bauherrn als Hr. Matth. Welser, Herr Bernhard Rehlinger, Herr Jeremias Burouer das alte Beckenhauss am Perlachberg abzubrechen und von Grund auf an dessen Statt wieder ein neues zu bauen; das neue hat viel tiefer müssen in Grund gelegt werden; haben mir meine Herren für das alte abzubrechen und das neue wieder aufzubauen für Taglohn, Maurer und Tagwerker bezahlt fl. 1750., hat meine Herren dieser Bau wohl beliebet und sind mit mir wohl zufrieden gewesst und haben mir über ernannte fl. 1750. fl. 250. mehr gegeben um wegen der mühsamen Gesims, so auf welsche Manier daran und viel Mühe gekostet, wie solches daran zu sehen ist.

1602. als Werkmeister angenommen worden.

Den 8. Julii darauf ward ich, ehe der alte Werkmeister Todes verfahren, mit Nahmen Jacob Erschay, von meinem gnädigen und gebietenden Hrn. Stadtpflegern, Bauherren und einem ehrsamen Rath allhier zu ihrem und gemeiner Stadt-Werkmeister angenommen und erklärt und hab auf obgesetzten 8. Julii überliefert meine Bestellung unter meinem grossen Sigel, auch das Jurament dem löbl. Baumeister-Amt wie gebräuchlich geleistet.

Entdeckter Fehler bey dem neuen Zeughauss-Bau hinter der Schrannen. Lit. B. 224

Nach diesem begehrten meine Herren die Bauherren, ich sollte mit ihnen und ihren Werkleuthen auf den Platz hinter die Schrand gehen und doch sehen, wie der alte Werkmeister samt den seinigen das neu angefangene Zeughauss zu Werk gericht und ob nicht grosse Fehler sich darbey ereigneten, denn sie maureten eine Zeit, brachens wieder ab und wusste Niemand, was für eine Ordnung darin gehalten wurde, und konnte weder der Meister noch der Ballier recht sagen, was sie erhalten, war also auf den Gerathwohl bestellt, man konnte doch dem Meister nicht gar die Schuld zumessen, dann er ihr seinem Ballier vertraut hatte. Ich besichtigte und erwoge alles wohl und befand nicht nur ein, sondern etliche Fehler: dann war erstlich ein Schnecken angefangen vornen, der gar nicht sein sollte; die Gewölb-Anfäng waren bey 9 Zoll nicht wagrecht und waren 3 Schuh obeinander aus dem Winkelmas, dann das Gebäu war so viel schreg und wussten der Schrege nicht zu begegnen und viel anders mehr. Da solches die Bauherren gesehen, gaben sie mir Befehl, ich solte den ganzen Bau abmessen und ein neu Visier stellen und sollte alles, was mir nit gefiel, wieder abbrechen lassen. Ich machte baldigst ein Visier, bracht solche meinen Herren Stadtpflegern, kam also darzu, dass mich meine Herren, sonderlich der Hr. Matthäus Welser anredete und mich in sein Hauss kommen liess, mich berichtete, meine Herren wären bedacht, den alten Meister Jacob Erschey zu Ruh zu setzen und ihme jährl. so lange er noch lebt 100 fl. Gnaden-Geld zu geben und sein Quatember-Holz. Er hatte meinen Herren erst ungefähr 9 Jahr gedienet. Fragte mich also Hr. Welser, ob ich mich mit des Meister Jacobs Bestallung auch wollte vergnügen lassen, gaben mir seine Bestallung, solte mich darinnen ersehen und mich darnach mit einer Antwort bey ihnen anmelden. Die Bestallung war fl. 80. in vier Quartal getheilt, fl. 5. für einen Stock, fl. 10. für einen Hauss-Zins, 12 Klaftern Holz und alle Wochen 1 fl. zum Wochen-Geld; die 12 Klftr. waren 8 Klftr. Feuchten und 4 Klftr. Buchen; auch alle Kalch-Schauffeln, so das ganze Jahr von den Kalchfässern in der Kalchhütten einkamen. Ich brachte bald meine Antwort, dass ich mich um ein solches nicht einlassen könnte, ich getraute mir viel ein mehrers unter gemeiner Burgerschaft zu verdienen und mit Bauen zu gewinnen. Machten mir also die Bestallung in Gottes Nahmen jährl. in 4 Quatember eingetheilt fl. 150., jedes Quartl. fl. 37½., für Hauss-Zins, Rockgeld sammt den 12 Klftr. Holz und Kalchschaufeln, so das ganze Jahr aus dem Oberland kommen und in meiner Herren Kalchütten gelifert werden, item alle Wochen einen ganzen Gulden wie dem andern Werkmeister; habe auch im Jahr zweymal Fisch als 6 Pfd. Karpfen und 5 Pfd. Forellen; so kann ich auch jederzeit zwey Lehrn-Knecht haben, welche ich um das halbe Wochenlohn lerne. Habe also in Gottes-Nahmen meinen Dienst angetreten und gleich die nechste Wochen im Gewölb bey St. Anna in Beysein des Bauschreibers Balthasar Lodriz und Heinrich Eichenbaur Umschreibers, des alten Meister Jacobs Maurer und Tagwerker, Buben und nur einen Ballier, den Matthäus Widemann, übernommen und selbige gleich am Zeughauss zu arbeiten angestellt und solchen Bau, wie er noch vor Augen stehet, Gott-Lob glücklich und wohl vollbracht.

Bestallung Stadt-Maurmeister.

1602. Den Kirchthurm bey St. Anna, welcher ein spitzig gemaurt Dach hatte und gar wohl baufällig war, abgebrochen und wieder 2 Gaden hoch aufgeführt, nehml. ein viereckicht und ein achteckicht mit Colonen und Gesimsen, darnach ein spitzig eingebogenes Dach mit Kupfer gedeckt und einen vergoldtenen Knopf und Creuz habe ich auch selbst angegeben und selbst hinauf gesetzt. Ist der erste Thurm, so ich in meiner Herren Dienst gebaut.

Kirch-Thurm Lit. D. 220

1605. Das alte Siegelhauss am Weinstadel abgebrochen und ein neues anstatt dessen von Grund aufgebauet. Diss Hauss hat einen grossen Keller auf Pfeiler gewölbt so gross das Hauss ist, ist 62′ lang und 42′

Sigel-Hauss am Weinstadel. Lit. B. 19.

breit, der unter Gaden gewölbt durchaus, mit einer steinernen Stiegen, hat auch ein Schreib-Gewölb, ein Waschkuchen und Baadstüblen, ein Röhrkasten, darinnen ein Gewölb für die Weinzieher und Privaet. Im andern Gaden eine schöne grosse Stuben für die Ungeld-Herren, in derselben kann man in ein wohl verwahrtes Gewölb gehen, darinnen sie das Ungeld bis zum Quartal thun, dann führt mans alle Quartal hinab auf das Rathhauss zu den Hrn. Einnehmeren. Weiter in dieser Gaden noch eine Stuben für den Verwalter und eine Cammer für den Sigler. Im dritten Gaden seynd für den Verwalter wenig mit Stuben, Kammer, Kuchen und Schreibstuben versehen und dann die Böden unterm Dach.

Item das Siegelhauss ist aussen her rings herum mit seinen Colonen, Janieren an den 4 Ecken geziert und seyn auch die Gibel oben mehrentheils von Steinwerk, mit grossen Kosten erbaut. Diese Zierd hat ein Mahler Joseph Honiz angegeben, wobey Hr. Welser wohl daran, hat die äussere Visier gemacht. Es stehet auch ein künstl. an einander von Metall gegossener Adler ob dem Gipfel ob einer vergoldneu Kugel, wigt 21 Centr. Unten zum Eingang ein brauner marmorsteiner Pforten, oben einen Gang auch von Marmorstein. Hinter disem Hauss hab ich einen grossen Keller gebaut zum süssen Wein, der ist über ein Circul 32 Schuh weit, auf diesem seyn der Weinzahlern Stüblein, alle von Maurwerk aufgebaut, und ist kein Saul oder Pfeiler in gemelten Keller.

1603. Eisenhammer. Lit. J. 258 bis 261.

Als sich der Hofmann, Hammerschmidt auf meiner Herren Hammer, sehr beklagt, sein Hammer, so man ihm erst vor 1½ Jahr gemacht und ganz neu erbaut hätte, wäre nicht recht zu Wasser geordnet, konnte sich darbey in die Länge nicht ernähren, die Hammer-Räder wolten nicht recht geschwind umgehen, wolt auch das Wasser von denen Rädern nit wegflüssen. Gaben mir meine Herren Befehl, ich solte sehen, wie diesem zu helfen wäre: habe solche gleich anderst geordnet, liess den Bach anderst abgraben und eine Geräde richten, die Hammer-Stühl verruckt und andere Räder gericht oder gemacht, auch viel anders mehr, sonderl. ein neues Abwerk also, dass jezund alles recht umgehet und wohl zu brauchen. Dieser Bau hat fast bey fl. 900. gekostet.

Untere Papiermühl. Lit. J. 12 und 13.

Dieses 1603te Jahrs in der untern Papier-Mühl, so erst vor 4 Jahren gebauet worden durch Mstr. Jacob Erschey und Matthäus Schaller beede Werkmeister und nicht recht gerathen, hat das Thräm ob der Werkstatt, so von der Feuchtigkeit erstickt war, einfallen wollen; das hab ich herausbrechen lassen und die ganze

Werkstatt gewölbt auf 6 steinerne Säulen, 12 Creuz gewölbt, ist diss Gewölb 62 Schuh lang und 38½ Schuh weit; haben auch aller Orten andere Fenster-Rahm eingebrochen. Ist dieses Gewölb in 10 Tag erbaut worden, so kaum zu glauben. Man hat auch das Abwerk im Wasser anderst geleitet, hat fast bey fl. 1500. gekostet.

1604. Gandt-Hauss Grund-Versicherung. Lit. C. 270.

In der Ablässen fand ich unter dem neuen Gandthauss, so auch vom Mstr. Erschey vor wenig Jahren gebaut worden, einen grossen gefährl. Schaden, so in diesem Bau im Grund übersehen worden, also dass diss Hauss, so gerad auf dem Wasser stehet, in höchster Gefahr ward und zu verwundern, dass es nit längstens eingefallen. Habs meinen Herren angezeigt, die mit mir alle 3 in den Grund hinabgestiegen, diesen Schaden selbst gesehen und befunden, dass das Wasser so von der Grässlers-Mühl-Rädern ganz ausgefressen. Derowegen gab man mir Befehl, weil ihnen nicht anderst zu helfen, als solle dieses neugebaute Hauss in Eile abbrechen, einen Rost in Grund schlagen lassen mit langen Pfeilern und zu beeden Seiten den Grund mit Duftstücken besetzen lassen und über den Lech mit einem starken Gewölb bis an das Hrn. Johann Georg Millers Buchhändlers Hauss überwölben lassen, 20 Schuh lang und das Hauss 2 Gaden hoch von starkem Gemäur wie vor Augen und solches in unglaubl. Bälde, dass sich männigl. darüber verwundert hat, damit man diese enge Strass wider brauchen und der Gantner einziehen könnte.

1605. Antiquität unter Barfusser-Kirchen.

In der Ablässen kam ich unter Parfüsser-Kirchen in hintern Lech, der dann mitten unter dieser Kirchen durchfliesst, fand darunter einen Antiquität-Stein, daran waren Bilder mit Weinfässern gehauen. Diesen Stein hatte Herr Stadtpfleger Welser vor diesem gerne herausgehabt, war zur selben Zeit dem Mstr. Erschay Befehl gegeben, er solle diesen Stein heraus bringen, aber er hat sich nicht unterstehen wollen wegen der Gefahr; hernach gleich haben meine Herren nach einem andern fürnehmen Meister Conrad Ross genannt Befehl gegeben, ob er ihme getrauete diesen Stein herauss zu bringen. Dieser hat sich unterstanden; als er aber befunden, dass ein steinerner Pfeiler in der Kirchen ob diesem Stein gestanden, ist er auch davon abgestanden. Wie ich nun diesen Stein mit Fleiss besichtiget, obschon der steinerne Pfeiler darob stunde, sagte ich zu meinen Herren: wann sie wollen, so wolle ich diesen Stein mit Gottes Hülf ohne einen Schaden der Kirchen heraus thun und einen andern an dessen Stelle unter diesen Pfeiler machen. Da habens mir meine Herren vertraut. Habe von Stund an das Gewölb über dem Lech an der Kirchen aufgebrochen, darzu geraumt, jedoch mit grosser Gefahr, habe sehr fleissig spreissen lassen und den Stein Gottlob wacker heraus gelöst und einen andern von Marmorstein und Bley untergossen hinuntergesetzt, also wohl abgangen, ward mir von meinen Herren fl. 12. verehrt. Dieser Stein mit den Bildern ist ein Theil davon am steinernen Gang oben am Siegelhaus eingemaurt.

1609. Neue Metzg unter dem Perlachberg. Lit. C. 213.

Habe ich 6 Häusser unten am Perlachberg abgebrochen und einen grossen Platz gemacht; hernach daselbst ein ganz neues Fundament gegraben, an etl. Orten 7 bis 8 Schuh tief, um eine neue Metzg dahin zu bauen. Stehet diese ganze Metzg im Bronnen-Wasser, 2½ Schuh tief, habe das Maurwerk mit grosser Mühe stückweiss aus dem Wasser schnell herauss mauren lassen, habe streng, weil man gemaurt, mit 2 Zieh-Pompen, welche am Deichel 4 Zoll weit, stark pompen lassen, biss man mit dem Gemäur über das Wasser kommen. Ich habe keine Pfähl geschlagen, sondern aus dem Wasser mit gebackenen Steinen herauss gemaurt. So rinnet dieser Bronnenbach unter diesem Bau durch. Dieses Bachs Mutter habe ich ganz neu in die Gerad eingegraben biss ans Bierschenken-Hauss unter dem Platz hinüber, hat mächtige grosse Arbeit gekost, aber an dieses Bachs Mutter habe ich zu beeden Seiten Pfähl schlagen lassen und 3zöllige Läden darauf und alles mit Duftstücken besetzt und darnach mit einem starken Gewölb darüber, und ist diese Bachs-Mutter unter der Metzg und Platz 350 Schuh lang. Alles von Grund auf neu gemacht mit grossen Kösten. Der ganze Bau ist 200 Schuh lang, hat rings herum von denen Haupt-Mauiren 580 Sch., sind unten zu beeden Seiten Keller zum Fleisch, sind aber nicht tief wegen des Bronnenwassers, hat auch unter dem Boden ein Baadstübl, Waschkuchen und Wäschstieg über den Bach für denjenigen, der ob dem Metzgerhauss Wirth ist, und ist dieser Bau 6 Stapflen ob dem Boden erhebt wegen der Keller. Im untern Gaden sind durchaus Metzger-Bänk 126 auf runde Säulen von Bohnen-Steinen unterfahren, worauf die Durchzug liegen, und durchaus über sich aufgeflästert und aller Metzger Fleisch hangen mit starken eisernen Gehängen versehen. Im andern Gaden ist ein Theil, darinn die Loderer Tuch feil haben; oben im dritten Gaden hat der Metzger Handwerksdiener oder Würth seine Wohnung, vornen gegen den Platz heraus. Bey diesem Wirth haben die vier Handwerker als Maurer, Zimmerleuth, Kistler und Hafner ihr Handwerks-Stuben; hinten sind noch 2 Wohnungen als der Schneider-Heerberg und sonsten ein Zinss-Gemach.

Den 27. Mart. dieses 1609ten Jahres haben die Bauherren samt der Metzger-Vorgeher und uns Werkleuthen die Metzg-Bänk ausgetheilt und der eigener Bänk und Stift-Bänk nach Gelegenheit an gute Ort ausgetheilt, weilen zuvor in der Metzg dieselbe auch die beste Ort inne gehabt haben, hernach die andere Bänk ins Gemein-Looss geordnet. Bau-Herren waren Hr. Matth. Welser, Hrn. Bernhard Rehlinger und Hr. Wolfgang Baler.

1609. Lit. C. 181 Steinerne Tritt am Steinberg.

Ein Jahr vor diesem habe ich am Steinberg die steinerne Tritt, deren 16 sein, legen lassen.

Zwey Bronnen-Thurn beym Jacober-Thor.

Dann einen neuen Wasser-Thurn an der Stadt-Maur bey Jacober-Thor und dann besser hinab, nicht weit vom Blatterhauss, wieder einen dergleichen gemacht, beede gleicher Form, seyn schön und zierlich gemacht wie vor Augen. Das Dach zu diesen beyden Thürmen hab ich durch meine Leuthe selbsten machen lassen, habe keine andere Zimmerleuth dazu gebraucht.

1612. Münz-Anbau Lit. C 300.

In der Münz hinten am Lech dem Münzmeister einen neuen Bau 50 Schuh lang aufgeführt und ein Wasser mit Duftstein nach Nothdurft besetzt, ist nur 1 Gaden hoch: darin zum Münzwesen eine schöne Werkstatt und etlich unterschiedliche Münzwerk darinn seyn; mehr eine grosse Kutten und etlich kleine Schmölz-Oefelen; item ein Garten, ein schön gemaurt Garten-Sälen gebauet, auch im Wohnhaus viel zugerichtet und die Dächer alle decken lassen.

1614. Mittlere Zwinger.

Die alten Soldaten-Losamenter Anfangs nur von Holz und Leim im mittlern Zwinger beym Gögginger-Thor waren alle abgebrochen, ihnen Keller darunter graben und von neuem alles von Maurwerk und mit gefürsteten Dächern aufgebaut. Seynd die ausser Losamenter gegen den Graben 2000 Schuh lang und die gegen der Stadt einwärts seyn dissmal halb und 1000 Schuh lang.

1605. Bruck beym Gögginger-Thor.

Die Brugg beym Gögginger-Thor über den Stadt-Graben, so 104 und etl. Schuh lang ist und auf den alten gemaurten Pfeilern von Holzwerk abgebunden und baufällig, war abgetragen und auf die Pfeiler noch 9 Schuh aufgemaurt und mit künstl. herausgewölbten Kraft-Steinen wegen des Nebenfluss-Gehangs gemacht, auch dissmahls die 2 aussern Wachthäuslen ebenmässig aufgebaut, dann auch vom Gögginger-Thor gemaurt und gepflastert etl. 100 Schuh lang.

Auffahrt auf den Gögginger-Wall.

Weiter auf dieser Pastey beym Gögginger-Thor eine neue Auffahrt zum Geschütz aufzuführen, mit starkem Gewölb und anderm Maurwerk versehen, hat viel Arbeit und Unkosten erfordert.

Das alte Wertachbrugger-Thor, so aller nider und unförmlich, um 2 Gaden höher aufgebaut, eine schöne starke Wöhr zum Geschütz darinn gemacht, zu 2 Stucken auf Räder und dann 5 Doppelhacken, das Wachthäusschen oder Wachtstüblen zu oberst, auch das Schlagwerk und Glocken zu oberst mitten des Thurn-Dachs in ein kleines Thürnle gericht, auch diesen Thurn aussen zierlich von Colonen und Quadraten gemacht. 1605. Wertachbrugger-Thor-Thurn-Erhöhung. Lit. F. 114.

Item dem Postmeister vor Wertachbrugger-Thor viel gebaut einwärts gegen den Garten und auch auf die Reichs-Strass. Post-Haus-Bau.

Das Fischer-Thörlen auf 2 Gaden höher gebaut, das Geschütz darinn zu brauchen, hat zuvor kein Geschütz darinn gehabt; auch zu obrist des Dachs ein kleines Thürnlein zu Schlagkocken hinaus gesetzt, auch das ganze Thürnlein aussen herab erneuert und etwas weiter ausgebrochen, ingleichem auch die ganze Brugg neu gemacht, dass man jetzt mit Bräu-Wägen und Kärren darauf fahren kann, das Wachthäusschen aussen auch ganz neu gebaut. Weiters bey diesem bis zum Luginsland hinab die Pastey und aussen an der Strass hinab eine Brust-Maur, wegen dass die Hirschen, so man damahlen in diesen Graben gethan, nit heraus springen könnten, gemacht. (Dieses Thörlein ist Ao. 1703 von den Franzosen ruiniert worden und darauf nicht gebaut worden.) 1609. Fischer-Thörlen-Thurm-Erhöhung.

Die steinerne Stadt-Pier aufgericht auf dem Plaz vor St. Ulrich Evangl. Predig-Haus. 1610. Stadtpier vor St. Ulrich.

Den zerfallenen Thurn beim Klenker-Thörle hinab oben in der Stadt-Maur bey dem Judenkirchhof widerum aufgeführt und ein fein Wöhr mit Stücklen und Doppelhacken darauf gemacht, auch die zerrissene und zerfallene Stadtmaur bey diesem Thurn 150 Schuh lang widerum aufgeführt und ganz neu gemacht. 1608. Klinker-Thurn. Lit. F. 178.

Item Hrn. Stadtpfleger Hannss Jacob Rembold in seinem Zwinger unterhalb des Einlass einen feinen Bau eines Gaden hoch auf die Wöhr so im Stadtgraben stehet gebauet, darinnen oben gegen den Graben ein Saal, einwärths gegen dem Zwinger ein Kuchen, ein Stuben und Cammer schön sauber ausgeputzt, auch unten im Zwinger eine grosse neue Waschkuchen und Kutten, wie auch eine Wohnung für einen Trabanten, in ein Abseiten auch ein Pferd-Stallung und viel anders mehr in diesem Zwinger zugericht, wie nicht weniger auch einen Rohrkasten hinein gemacht. 1612. Stadtpfleger-Zwinger-Garten zwischen dem Einlass und Klinker-Thor.

1614. *Detto zwischen dem Einlass und Gögginger-Thor.* Dem Hrn. Bernhard Rehlinger, Zeug-Herrn, in seinem Zwinger ausserhalb des untern Zwingers einen schönen neuen Bau gemacht auf der aussern Zwinger-Maur, darinnen ist im mittlern Gaden Stuben und Kuchen, Kammer und schön sauber ausgebaut und im obern Gaden ein Saal. Haben auch in diesem Zwinger ein Röhrkasten gericht und einen schönen Keller unter der Erde gewölbt und anders mehr. Dieser Bau ist 60 Schuh lang und 15 Schuh breit, oben in diesem Zwinger gegen dem Gögginger-Thor einwarths gegen der Maur einen neuen Gaden vom Lieutenant an bis ans alt Hans, so hart am Thor stehet, gebauet, darinn des Hrn. Stadtvogts Schreiber Hans Schleich wohnt.

Gesundbronnen beym Klinker-Thor. Item den Gesund-Bronnen beym Klinker-Thor im Graben von Grund auf wieder neu gemacht und zugericht.

Dann ein neu Haus von Grund aufgemaurt auf dem hohen Ablass, darin man die Netz zum Jagen häng und auch die Netz-Wagen stellt.

1606. *Christeiners Schmidhammer bey der Loh-Mühl. Lit. J. 258 bis 261.* Einen neuen Schmidhammer dem Christeiner von Grund aufgebaut. Dieser Hammer ist gegen dem Wasser gewaltig mit Duft besetzt und alles von starkem Maurwerk gebaut, hat unten 2 Hammerstühl, 2 grosse Schmidt-Eysen und ein kleine Ess, oben schöne Zimmer, unten einen gewölbten Keller samt anderm mehr. Gleich auch bey diesem Hammer im Hof dahinten im Mühlbach ein neuen Bau ganz von Grund auf zu Wasser und Land gemacht, gegen dem Wasser alles mit Duft-Steinen und mit starkem Maurwerk versehen; in diesem Bau ist ein Schleifmühl mit 2 Steinen für die Waffenschmied und hinten daran eine Pollier-Mühl. Dieser gemeldte Bau war kaum ausgebauet, da kam ein Feur aus in der Loh-Mühl, so gleich dabey stund und verbrann solche in einer halben Nacht samt diesem Baue biss auf den Grund; habe beede Häusser hernach wieder aufs Bäldest gebaut, ist des Christeiners Hammer auch gar nahe gegangen.

1609. *Loh-Stadel. Lit. J. 279.* Denen Rothgerbern einen grossen Stadel oberhalb der Neu-Mühl beym Ablass von Grund auf neu gebauet von einem Gaden, 12 Schuh, 1½ Maurstein dick gemacht, ist 80 Schuh lang und 40 Schuh breit, hat unter dem Dach 3 Böden. In diesem Stadel thun sie die Häut und Rinden von den Bäumen, daraus sie Loh machen.

1609. *Christeiners Kupfer-Hammer.* Den Kupferhammer hinter des Christeiners Hammer, darob der alte Hanns Flicker gewesst, hernach der Tobias Praner, diesen Hammer mit Duft und Maurwerk unterfahren, eine Schmid-Ess gemacht, die Hammerstühl anderst gesetzt, einen gewölbten Keller gemacht, mehr im Garten ein Waschkuchen, Badstüblen und oben darauf ein Sälen gemacht.

1613. Neue Sägmühl. Lit. J. 295 bis 298.

Ein neue Sägmühl bey der Neumühl von Grund aufgebaut, mit starkem Maurwerk gemacht, mit Duftstücken besetzt und mit aller Nothdurft versehen ist. Mehr die Mahl-Mühl genannt dabey, so alles meinen Herren gehört, gegen den Abwerk mit Duft unterfahren und viel anders dabey gebauet.

1613. Schleif- und Pollier-Mühl im Thäle. Lit. G 323

Im Thäle eine neue Schleifmühl, wie auch eine Pollier-Mühl ganz von Grund auf 2 Gaden hoch gebauet, dem Schleifer und Pollier ihre Wohnung darauf gerichtet und eine gemaurte Abseiten an Stadt-Graben gesetzt, darinn er eine Waschkuchen und Badstüblen.

Brugg am Knappen-Thörle

Gleich darauf die Brugg am Knappenthörle, so alt gemaurt und baufällig war, abgebrochen und eine neue von Grund einen Bogen ungefehr 40 Schuh weit gewölbt; zuvor hats 2 Bögen auf einem Pfeiler im Mittel gehabt, dieser Pfeiler war unterspielt gewesen, weils hat wollen einfallen.

1611. St Sebastians-Capelle. Lit. J 107

Beym Lazareth an der Heerd-Gassen eine schöne Capell von Grund auf gebaut samt einem Haus, darinnen die Capuciner in Sterbens-Läuffen könnten ihre Wohnung haben; hat 4 Stuben, 2 Cammern, 2 Kuchen, ein Gewölbe, auch eine Sacristey und Bor-Kirchen darinn, wie auch anders mehr, wie noch vor Augen; ist mir das Taglohn verdingt gewesen um fl. 700.

Zwei Brech-Häusser.

Etlich wenig Jahr vor diesem habe ich die 2 alte Brechhäuser, deren jedes 146 Schuh lang und 40 Schuh breit ist, waren alle von Holz und Klaibt, aller Orten herum 2 Gaden hoch von einem ganzen Maurstein unterfahren und vornen gegen die obgemeldte Capelle an jedes Haus noch ein Stock 30 Schuh lang neu daran gebaut, in jeden Stock 2 ringfertige Stuben für jede Religion, wann die Kranken wieder zurecht kommen, und anders mehr daran gebaut, wie zu sehen.

ZweiZimmer- oder Lech-hütten. Lit J. 225 bis 230

Item an meiner Herren Lechhütten 2 neue Zimmerhütten 30 Schuh lang und 36 Schuh breit, ein Gaden hoch auferbaut, mehr noch ein gross gemaurt Haus, darunter die grosse Werkstuben, oben darauf eine feine Wohnung für einen Ballier, mehr ein neu gemaurtes Stöcklein, so überall frey stehet, darunter die Stallung für meiner Herren Mehre, so man jederzeit an der Lechhütten halt; ob diesen 2 Gaden dem Fuhrknecht zur Wohnung auch einen Gaden auf das Schreibstüblein gesetzt. Item eine Abseite an das Wasser gebauet, darinnen Wäschkuchen, Badstüblein und viel anders mehr an diesem Werkhof, wie zu sehen.

Obere Werk-hof

Dem obern Werkhofmeister Matth. Scholler meinem Mit-Consorten einen sondern Bau, 2 Gaden hoch, darin die grosse Werkstuben, oben darauf dem Hüttenknecht eine Wohnung, mehr noch eine Werkstuben darauf, darinnen man sauber Defer-Werk macht, und zu obrist hab ich ein kleines Thürnlen mit einer Schlag-Glocken und einer Uhr angericht.

Hütten zum Duft.

Weiter neben an eine gemaurte Hütten von Grund auf anstatt der alten Hütten gebauet, darinn man im Winter die Duftstein abbricht und ins Winkelmass hauet, dass mans im Sommer in Wasserbau gleich brauchen kann. Gleich dabey habe ich mir ein klein Gärtlein zugericht und mit einer Maur umfangen. Darauf habe ich auch an der Pastey beym Rothen-Thor ein stark Streich-Wöhr gleich am aussern Thor bei der Schlag-Bruck gebauet. Zum grossen Geschütz ist auch durch diesen Bau der Wall für Aufsteigen bewahrt.

Rothen Walls verborgene Stieg.

Item auch dissmahls eine verborgene Stiegen in Wall hinab gemacht, mit etl. 50 Stapflen, dass man in andern Laufgraben kann.

Parfüsser-Thor-Bruck

Dann auch die alte Barfüsser-Thor-Brugg, welche auf einem grossen Pfeiler-Joch gewölbt über den Fischgraben, war ziemlich weit, aber sehr baufällig, die habe ich lassen abbrechen und einen viel bessern Rost vom Grund mit Pfeilern schlagen lassen, auch wiederum eine schöne und um 24 Schuh breitere Brugg gewölbt und zu beiden Seiten gegen einander über Kramläden darauf gebaut, auf jeder Seite 6 und im Mittel derselben ein durchsehend Gewölblein, das man im Fischgraben sehen kann, und dann auf jeder Seiten der Bruggen auswärts noch 3 Laden auf welsche Manier, wie vor Augen zu sehen.

Küchel-Hütten und Gewölblen im Fischgraben. Lit. II 408.

Wenig Jahr hernach habe ich die alte hölzerne Küchel-Hütten, deren vier waren und auf dem Platz vor dem Aischer Hauss stunden, hinwegbrechen lassen und an obbemelte Läden, so neben der Brugg abwärts gebauet, nicht allein vier Küchelhütten, sondern auch vier andere Läden darzu, samt dem Schaar Wachter-Häussl und unter diesem für die Fischer im Fischgraben 13 Gewölblen.

Pilger-Haus neuer Bau. Lit. II. 204.

Im Pilgerhaus hinten im Hof einen neuen Bau von Grund auf 100 Schuh lang und 30 Schuh breit gebaut, der ist 2 Gaden hoch, darinnen vier grosse Stuben für die Kranke, unten Gewölber zur Holzlege und anderer Nothdurft; und hat dieser Bau gegen den Hof innen einen ausgeladenen Gang in alle Stuben zu kommen, dass man einander nicht verfindet, und unter dem Dach 2 grosse Böden zum Waschtrücknen.

Zeugwarts-Wohnung. Lit. F. 111

Meiner Herren Zeugwart dem Strening am Kazenstadel ein ganz neuen Bau zu einer Wohnung mit Stuben, Cammer, Kuchen Keller und aller Nothdurft, 2 Gaden hoch aufgebaut, auch ein Abseiten daran und im Garten ein fein gemaurtes Sälen von Mauer und Deferwerk.

Unser Frauen-, Creutzer- und Parfusser-Thorn.

Die 3 Thore Unser Frauen, hl. Creuzer- und Parfüsser-Thor zu erneuren und bessern lassen: an unsern Frauen und Parfüssern den alten Dachstuhl herabgetragen und neue aufgericht. Hernach hat man diese 2 Thurn an alle 4 Seiten zierlich gemacht, nehmlich Kager so zwei gemahlt, und den Parfüsser-Thurn hat der Hanns Freyberger gemahlt, hat jedoch 50 fl. zu mahlen gekostet und so vieles auch die Gerüste, Eisen, Maurwerk und Taglohn.

Bau im hl. Grabgasslen. Lit. A. 27 und 48.

Am Weinmarkt, da zuvor das hl. Grab gestanden, so sehr verfallen und 500 Jahr alt war, auch wegen dieses Baus sehr eng war, dass man einander nicht wohl weichen konnte, aus derselben Nachbarschaft Anhalten haben meine Herren von dem Dom-Capitul diese Capell erkauft und noch 4 alte Häusser darzu, diese alle habe ich lassen abbrechen, den Platz raumen und hernach einen schönen Bau in diese Gassen gesetzt. Die Länge dieses Baues ist in die 200 Schuh lang, seyn in diesem Bau unten neue Keller gewölbt, hat zwei Thor zum Eingang und oben zwei Wohnungen, so in diesem Bau gebaut worden.

Gewölbte Brugg auf Kriegshaber

Dann ausserhalb der Wertachbrugg eine gewölbte Brugg mit einem starken Gewölb, ist 23 Schuh weit und 68 Schuh lang, wie auch vor diesem alle Durchgäng unter der Strass gewölbt biss an Galgenberg, damit, wann die Wertach auslauft, die Strassen nicht können eingerissen werden und durch diese Durchgäng das Wasser hindurch rinnen möge; waren zuvor nur mit Holz überlegt.

Pfarrhaus bey St. Anna. Lit. D. 232.

Das Pfarrhaus in St. Anna-Hof ganz neu erbaut, gar wenig am alten stehen lassen und einen neuen Dachstuhl darauf gerichtet, den Hof und Gärtlein mit einer Maur unterfangen, wie noch zu sehen.

1613.

Schul bey St. Anna. Lit. D. 220.

Die alte Schulen bey St. Anna, so nur von Holz und Klaibwerk und alle baufällig waren, abgebrochen und an deren Statt sechs andere in einem schönen ziemlich grossen Bau gericht. Dieser Bau ist 84 Schuh lang und 36 Schuh breit, hat im Mittel eine gevierte, gemaurte Stiegen, einen halben Schnecken und ist 3 Gaden hoch, hat auf jeder Seiten 3 Schul-Stuben, ist unter der Erden durchaus gewölbt und ein Keller zu meinem Zeug-Gewölb dienlich, hat auch zu beeden Seiten kleine Abseiten, darinnen die Herren Preceptores ihre Stuben haben, und über der Porten eine feine Schlag-Uhr.

Gleich im selbigen Hof dem Hrn. Primari David Höschl seine Bewohnung an aller Orten ausgebrochen und 2 Schulen ganz neu darunter gericht, auch seine Wohnung ganz verändert und ein neuen Gaden darauf gesetzt, in daselbe etliche Stüblen und Cammern für studirende Kostgänger, auch eine neue Waschkuchen und Badstuben, auch einen neuen Gumper und Bronnen darinn gericht; auch dissmahl den Thurn der Bibliothec um 20 Schuh höher aufgeführt, oben mit Kupfer gedeckt und Brustmauer darum gemacht mit einem steinernen Gesimss. Auf diesen Thurn können die Astronomi die Stern bey der Nacht sehen und ihre Kunst exerciren.

Eicht Stadel Lit. A. 431.

Bey der Eicht am Schwall ein neu gemaurte Zeughütte von Grund auf gebaut, gegen dem Wasser mit Duft inwendig besetzt, ist 66 Schuh lang und 15 breit, darinn ich meinè Zug-Seiler habe, wie auch Wägelen, Kärren und mein Reiss-Boden sammt anderm Zeug.

St. Wolfgangs-Capell Lit. J. 326 und 327.

Dann auch bey St. Wolgang vor Wertachbrugger-Thor ein neues Kirchlen von Grund auf gebauet, mit einem schönen Portal und ob selbigen Schiesser ein 6eckicht Glocken-Thürnl bey Lazareth-Kirchlein gemacht. Dieses Kirchlein ist 30 Schuh weit und 60 Schuh lang, 25 Schuh hoch über sich gepflastert und schön mit weisser Arbeit ringsherum ausgebreitet, mit Colonnen und Sinnbildern geziert; den Siechen dabey eine feine sonderliche Abseiten erbaut, dass sie die Predigt besonders hören konnten, auch sonsten viel an dem Siechenhauss gebessert und gemacht.

Holz Garten-Maur.

In meiner Herren Holzgarten beym Blatternhauss das baufällige Theil hinweggebrochen und an dessen Statt eine Maur aufgeführt, 440 Schuh lang und 9 Schuh hoch und starke Pfeiler daran.

Schiess-Haus in der Rosenau Lit. J. 251 und 252.

Ein neues Schützenhaus in der Rosenau von Grund aufgebaut, 3 Gaden hoch, ist 105 Schuh lang und 45 Schuh breit, mit starkem Gemäur versehen, im untern Gaden ein freyen Thennen, durchaus aufgemaurte Pfeiler und schön ausdäffert, im mittlern Gaden eine schöne grosse Stuben und daran auf jeder Seite eine kleine Stuben für die Schützenmeister. Um des Hauses Platz alles mit Büchsen-Kästen versehen; im obern Gaden ist gleich einem Mesack auch etlich eingefangen zu Sommerstuben und andern Gebrauch; und hat dieses Hauss einen stattlichen Dachstuhl und ob dem vordern Schiesser eine Schlag-Uhr mit 2 Glocken.

Dem Handwerk von Goldschmidten bey Gögginger-Thor eine Handwerksstuben samt einer kleinen Stuben für die Herren Vorgeher daran gebaut, sauber ausgebessert, sonsten hatte ihr Handwerk ihr Stuben auf der Waag, so ein bisslen hesslich war. Goldschmid-Stuben bey Gögginger-Thor.

Bei St. Martin im hintern Hof für die Kupferschmid zu ihrem Kupfer-Geschirr, so sie alle Wochen am Freitag auf der Pfalz feil haben, eine lange Abseiten 115 Schuh lang und 17 Schuh breit, unterschiedliche Kämmerlein gebaut, deren 17 sein und weiter dahinter eine Stallung zu St. Martin gehörig. Gewölber vor die Kupferschmid

Die Brugg am Klenker-Thörlein neu gemacht, die gemaurte Pfeiler besser unterfahren und zu Grund gesetzt, auch ein gemaurt Waschhässlein daran gemacht. Klinker-Thor-Brugg

Dann auch den Thurn an der Juden-Pastey für den Zeugherren-Knecht mit aller Zugehör neu zugericht, mit Stuben, Kammern, Kuchen, Keller, Viehställen und anderm; desgleichen die zwei hohe Thurn, so auf gemelter Pastei stehen, neu gedeckt und aussen vermaurt; ist auch an dem Kazenstadel vielerlei und unterschiedlicher Orten vermauert, verkehrt und zu besserm Gebrauch gericht. Thurn an der Juden-Pastey.

Am Esser ein ganz neu Hauss gebaut oben an der Stadtmaur vor den Todengräber, 78 Schuh lang, mit gewölbten Dunken, Waschkuchen, Badstüblein und aller Nothdurft versehen. Sein vorig alt Haus, so am Copel-Thor gestanden, hat der Herr Prälat wegen seines neuen Baues meinem Herrn 400 fl. dafür bezahlt, dass mans daselbst hinweg breche. Todengrabers Haus am Esser. Lit. A. 299.

Weiter in der Rosenau einen neuen gemaurten Pritsch-Bank von Grund aufgebaut, einen grossen Kuchen-Herd und Camin zu sieden und zu braten, sonderlich wann grosse Schiessen sein, samt einem Gewölb zum Fleisch und andern Gebrauch, oben neben dem Bierschenken-Bank ein fein Sommerstüblein, darinn man absonderlich zechen kann, gebaut. Rosenau-Pritsch-Bank

Von dieser Kuchen am Rosenauberg hinauf zwei gemaurte Häuser klein, halb ohne Dach, darinnen man die neu gemachten beschiesst und probiert, obs halte oder nicht; das obere gehört für die Büxenmacher insgemein, die andere aber für meiner Herren Zeugwart und Büchsenmeister, so ins Zeughaus arbeiten. Ibidem 2 gemaurte Hauser.

In der Au übers Bronnenbechlein an zweyen unterschiedlichen Orten Gewölber unter der Brug gemacht und dieselbe Ablass-Häuslen unterfahren und mit Duft besetzt. 2 Gewölb über die Bronnenlech in der Au.

Beym Ablässlen, oberhalb der Lechhütten unter der Strass, ein Gewölb 50 Schuh lang über das Wasser gemacht und nach Nothdurft mit Duftstein besetzt. Ablass oberhalb der Lechhütten.

Kirch und Thurn zu Lützelburg. Den Kirchthurn zu Lützelburg angegeben, den hat man von Grund auf neu gebaut, samt der Kirchen, bin etlichmahl darzu hinaus geritten, gehört in das Spital allhier.

In Summa es ist schier unglaublich, was ich diese 14 Jahr hero in meinem Stadt-Werkmeisters-Dienst für grosse Müh und Arbeit und grosses Umlaufen inn und ausserhalb der Stadt gehabt, mit andern mehr Gebäuen auch und Fleck-Werk, so hie beschrieben, welche auf gemeiner Stadt-Güther gewesen, da dann nicht allein die Arbeiten sein anzuwenden, wie solche sollen gemacht werden, sondern auch allerley Gezeug und Materie darzu verschaffen, welches ich alles nicht habe mögen so umständlich aufschreiben, wird ob dem leicht zu vernehmen seyn, was hernach folgen wird.

Beständige Neben- und Unterhaltungs-Arbeiten. Als erstlich auf den 3 Blaichen, die dann ordinari im Frühling in der Fasten um den Sommer-Bau bey den Herren anhalten, ihre Gebäu zu unterhalten, als da seyn: die lange Häusser, Städel, Viehstallungen, Wasserhäuser, Weisshäuser, Sommerhäuser, Feldhütten, Waschhütten, Hundsstall und viel anders. Dergleichen auch auf den Walken, Hammerschmidten, Sägmühlen. Item den Ringmauren und vieler anderer Arbeit mehr, so meine Herren betrifft, so lang zu beschreiben wäre und nur Verdruss zum lesen gebe, mir aber grosse Sorg und überaus viel Laufens und Rennens gemacht hat.

1614 Rehlingers Gewürz-Laden ob der alten Metzg. Lit. D. 34. Hab ich auf den Orth auf dem Perlach an des Herrn Rehlingers Gewürz-Läden, da die alte Metzg gestanden, an selbige Statt ein schönen neuen Bau von Grund aufgebauet. Dasselbig ist 64 Schuh lang, 20 Schuh breit und 40 Schuh hoch. So gross dieser Bau einen schönen langen Keller dem Hrn. Burgermeister Stenglin, so gleich daran wohnt, von seinem Hauss durchgebrochen und zum Zins verliehen; ob diesem Keller seind 6 Kramläden und hat jeder Laden darauf einen Bruch, wie vor Augen zu sehen; ob diesem ist ein Saal und Cammer, auch dem Herrn Stenglin verliehen, durchgebrochen, dass er oben auch von seinem Haus darein gehen kann; der erste Gaden ist Dorica und Jonica samt ihren Gesimsen und gewisse Masse Proportion von gebachenen Steinen.

Rathhaus-Project Lit. C. 13. Diss Jahr asse ich einmahl mit Hrn. Joh. Jacob Rembold Stadt-Pfleger zu Mittag, wurden des alten Rathhaus hier zu Red und sagte ich: Ihr Gestr. und Herren solten daran sein als ein bauverständiger Hr. Obmann, das alte und auf einer Seiten sehr baufällige Rathhaus möchte verändern, abbrechen und an dessen Statt ein schönes neues, wohl proportionirtes Rathhaus erbauen lassen, vermelte auch dabey, ich hätte grossen Lust darzu, ein schönes bequem zu bauen. welches wohl wäre. Dachte Hr. Stadtpfleger nicht übel zu sein und antwortet, er wolle mit seinen Herren Mit-Collegi, Bauherrn und andern des Raths davon reden und ihre Gedanken darüber vernehmen, ich sollte ein Visier und Abriss machen, in wass Form und Grösse ich ihne stellen wölte, und meinen Herren hernach vorweisen, so könnte man weiter der Sache nachdenken.

Ich machte gleich etlich Visieren, biss dass dieser wie jetzt ist meinen Herren gefallen hat. Da triebe ich diesen Bau immer bey denen Herren Stadtpflegern; da wurd mir eine Antwort von Hrn. Rembolden folgendergestalt: Ihr treibt mich immer mit dem neuen Rathhaus-Bau an, solches ist aber hoch bedenklich Sache. zu dem so ist unser Schlagwerk in dem Rathhaus-Thurn wohl geordnet und sehr nützlich, also biss ihr mir ein Ort saget, da man das Schlagwerk zuvor und ehe dieser Bau angefangen wird, füglich anrichten könnte, so will ich zu diesem Bau mithelfen. Da sprach ich: Wenn es nur an diesem fehlt, so wollt ich bald ein tauglich Ort darzu finden oder versehen. War bald bedacht und ging auf den Perlach-Thurn, besahe mich darinnen in allem wohl und befand diesen gar tauglich dazu; allein mit der Schlagglocken wusste ich noch nicht, wie dieselbe recht möchte geordnet werden, stiege also zu oberst in den Perlach-Thurn unter das Dach und gedacht ihme nach, machte ein Visier, dass man wohl 20 Schuh von lauter Steinwerk auf diesen Thurn setzen solte, es werde aber mit zimmlichen Fleiss und Kunst geschehen müssen, dann das Maurwerk am Wachhäuslein ist gleich wohl auch von Steinwerk, war nur 15 Zoll dick und vom Gang biss ans Dach 20 Schuh hoch. Ich wagte es und brachte diese Visier zu meinen Herren, die sprachen: es wurde dieser Thurn wohl schön und lustig stehen, wäre aber nicht wohl zu wagen, weil dieser Thurn schmal und ganz frey stünde; sie wolten mir zwar vertrauen, ich solte aber zusehen, dass weder mir noch gemeiner Stadt kein Schaden noch Spott daraus entstünde.

Ich sprach, ich habe meine Hofnung zu Gott, dass es mir wohl gerathen solle, dachte ihm ferner nach einer guten Zeit und habe ein solches Rüstung erfunden, wie man im Werk bald spüren wird. Meine Herren sollen mir nun diesen Bau vertrauen, ich hatte eine herzliche Lust dazu und es werde meine Herren auch nicht gereuen, auch gemeiner Stadt wohl ansehen. Geschahe also, dass mir dieser Bau bewilliget wird, ich solte möglichst Fleiss anlegen.

1614. Perlach-Thurn und dessen Gerüst. Lit. C. 16.

Den 10. Nov. habe ich in dem Nahmen Gottes an dem Perlach-Thurn zu rüsten angefangen und die zwei Stand-Bäum gegen den Platz aufgericht und in der Erde 5 Schuh tief einraumen lassen. Diese Holz waren das Fundament des ganzen Gerüsts, in die Vierung 14 Zoll dick und 66 Schuh hoch; wurde hernach am weiter Vorrüsten in die Höhe noch zweymal solche hoch darauf gestellt und aneinander bewährt und mit Eisen angegliedert und zusammen verfestet, sind also gemelte 3 Holz 10 Schuh über den Gang am Perlachthurn aufgericht, nehmlich 160 Schuh hoch vom Boden oder Pflaster an. Haben also fort gerüst bis unter den Gang, auf den 13. Dec. diss 1614. Jahrs ausgemacht, darnach wegen des Winters einstellen müssen und ist an diesen sieben Gerüsten kein einiges Löchlein in den Thurn eingebrochen worden.

1615. Zugwerk zu detto.

Den 4. April haben wir im Nahmen Gottes am Perlachthurn angefangen zu rüsten über den Gang hinauf und die Zug von Holzwerk aufgericht. Habs selbst alle durch meine Leuth künstlich anbinden lassen, wie ich es abgerissen habe, war der 31. führnemste Zug also beschaffen: er war über den alten Thurn, da das Dach schon herabgebrochen war, 10 Schuh hoch und war ein stark lang Holz, so zu beiden Seiten vorne und hinten über den Thurn gericht, also dass die Zugseil von der untern Daschen über sich gieng, über eine grosse hölzerne Zugscheiben, so in gemeltem grossen Holz zuvorderst war eingemacht, und ging gemeltes Zugseil über das Holz hinüber; zu hinterst hatte dieses Holz gleichfalls eine solche Zugscheibe von Eichen-Holz, darüber ging das Seil hinab bis zu den Sturm-Läden hinein, da war ein gross von Holz gemachtes Rad, 7 Schuh hoch, konnte wegen der Sturmglocken nicht höher seyn; über dieses Rads Gründel gieng das obgemeldte Seil, so darauf umwunden war, das war 1300 Schuh lang und gieng im Thurn hinab, da dann Weite war, einen Wallbaum aufzurichten. Um diesen Wallbaum gieng dieses lange Sail und war über zwey Scheiben zuvor gezogen, dass es fein richtig bliebe. Es zogen nur zwey Mann an diesem Well-Baum und konnten alles verziehen an diesem Zug, so ich selbsten erfunden, das fürnehmste Stück zu diesem Thurn-Gebäu und dann auch das ganze Gerüst, so mit solcher Kunst gemacht gewesen, dass dergleichen nit wohl geschehen ist. Habe alles durch meine eigne Leuth und Maurer machen lassen, hatte nur einen Zimmermann, der mir sonst das ganze Jahr über an allen Gebäuen gearbeitet und rüstete, wie ichs ihme vorgab. Habe diese Maurer aus allen meinen Maurern, deren über 60 gewesen, insonderlich ausgewählt, die alle stark, frisch, beherzt in die Höhe waren, deren dann 8 waren; mit diesen habe ich zwar durch die Gnade Gottes den ganzen Thurnbau verricht. Es waren die Gerüst dieses Thurns so wunderbar gemacht und um den Thurn in die Vierung herum zusammen geschlossen wie eine gevierte Rahm von lauter Zimmerholz, welche ich darzu aushauen lassen, die 40 Schuh in die Länge hatten und 7 Zoll dick in die Vierung; und hatte jedes Gerüst vornen gegen den Platz eine lange Lucken am Thurn, so breit der Thurn war, nehmlich 20 Schuh lang und 5 Schuh weit, also dass man alle Sachen, wie lang und gross die waren, dadurch hinauf ziehen konnte. Und obwohl die Züg aussen am Thurn waren, so war doch alles inwendig dadurch hinaufgezogen und gieng das Seil, wie oben gemelt, über den Thurn hinüber, dass also der Last dem Gewicht über den Thurn wie auf einem Saumer-Sattel gleich trugen, und konnte den Thurn nicht auf eine Seite beschweren.

Habe zu diesem vorhabenden Gebäu neue Täschen-Züg von Metall von unterschiedlicher Grösse giessen lassen, welche über 500 fl. allein gekostet, hab sonsten auch ferner andere eichene Zugscheiben drehen lassen und in kurze Holz einstemmen, die man überall hat anbinden können. Habe auch den Stadt-Seiler viel gute Seil vom besten langen Hanf spinnen lassen, bin selbst dazu auf die Maur gegangen und besichtiget, obs von gutem Hanf gemacht werden. Dieser Seil waren etliche 600 Schuh lang, etliche 3 und 400 Schuh. Also ich mit Zügen und guten Seilern stattlich versehen war, so habe ich nicht weniger von gutem zehen Eisen gevierte Bruchen machen lassen, die gevierte Holz mit einander künstlich zu verfassen, auch andere Nothdurft mehr, so zu solchen gefährlichen Werken hoch vonnöthen seyn. Und ist fürnemlich zu merken, dass der fürnehmste Zug oben über den Thurn wie gemeldt also beschaffen gewest. Das grosse Bild, so hinten und vornen Zugscheiben gehabt, ist oben auf diesem Holz in eyserne Windenstangen darauf gewest; an dieser Stangen ist an einer grossen eysernen Beuch der Daschen-Zug gehangen und solchs über den Thurn hinauf kommen, so man etwas hinauf gezogen hat. Da hat ein jeder Bub können mit dieser Winden den Taschenzug mit sammt der Last, es seye so schwer gewesen wie es wölln, hineinziehen, und hat man hernach gehänget und solches auf den Thurn oder Wachhäuschen niedergelassen und hernach auf kleinen Walzen an sein Ort geführt. Es wäre noch weiter von dieser Rüstung zu schreiben, ein jeder verständiger Mensch aber kann es von selbst erachten, dass was besonders zu solchem werde gehört haben.

Taschenzüge zu detto.

1615. Glocken-Stuhl auf dem Thurn.

Den 7. May haben wir in Gottes Nahmen angefangen, das Steinwerk an diesem Thurn aufzusetzen, nemlich die 10 Pfeiler, welche also alle durchsichtig wie noch vor Augen. Habe dem Steinmez Nahmens Leonhard Kränzer, so diese 10 Pfeiler gemacht, fleissig zugesprochen, dass alles mit grossem Fleiss gemacht werde, damit es recht zusammen treffe, dann sehr viel daran gelegen, sowohl bey dem Steinmetz als bey dem Zimmermann, so den Dachstuhl und Windberg gemacht, wohl und stattlich verrichtet worden und also mir nicht gefehlt hat.

Einsetzung der ersten Glocke.

Ehe wir aber den ersten Ring beschlossen, mussten wir die grosse Glocke, so wir auf dem kleinen Rathhauss gelassen hatten, hinaufziehen, dann wir sonsten nicht mehr mit hinein kommen könen, sintemahlen die Glocke gross war und 45 Zentner gewogen. Also die Gloggen den 1. May an einem Montag gegen Abend um 4 Uhr hinaufgezogen worden, da ein stattlich Geschlechters Hochzeit war ob der Burgers-Stuben. Die Fenster waren alle offen, dass die Hochzeitleuthe herüber sehen konnten; waren beyde Herren Stadtpflegern auch dabey, auch etlich Fugger und gemeine Räthe und Bauherren. Ich legte die Glocke selbst an den Zug, machte mich gar hurtig und ordnete fein auf alle Gerüste Leuth, also dass nicht mangelte, und zogen in Gottes Nahmen auf. Da sahen alle Herren ob der Burger-Stuben zu und war auch der Platz unten voller Leuth, es gieng alles wohl von statten, dass diese Glocke in einer Stund oben und über den Thurn auf kam, ich war zu oberst und wendete von gemelter Windenstauffen mit einer Hand hinein, habe gleich hernach auf die Stuben zu meinen Herren gemüsst und denselben anzeigen müssen, wie die Zug und alles beschaffen seyen, auch wie viel diese Glocke gewogen hat und anders mehr. Unterdessen so brachten mir die Herren und sonderlich die Herren Fugger einen Trunk über den andern, sprachen mir freundlich zu, war also bey einer Stunde bey ihnen, nahm darnach meinen Abschied und gieng mit Freuden von ihnen nach Hauss.

Knopf aufgesetzt.

Den 27. Julii war das Steinwerk mit sambt dem Haupt-Gesimss ganz aufgesetzt; den 28. darauf am Dachstuhl angefangen aufzurichten, habe darzu die Zimmerleuth mit sonderer Rüstung angeordnet, dass sie solches Zimmer geringer aufgericht und beschlossen haben und biss 14. August bey gutem herrlichen Wetter wohl vollendet worden.

Den 17. August habe ich den Knopf selbst auf den Thurn gesetzt, war zwar der alte Knopf, so zuvor darauf gestanden, aber verneuert und verguldt, ist 2 Schuh weit. Geschah am Abend um 4 Uhr; habe meinen Sohn Elias, so eben 4 Jahr alt war, in diesen Knopf gesetzt und denselben ob ihme zugedeckt, ist eine gute Weil ohne Forcht darinn gesessen; hernach als ich den Knopf gesetzt und er eine gute Weil gesessen, hat er zu mir gesagt: „Siehe Vater! wie viel Buben sind drunten auf der Gassen!" Seine Mutter forchte sich sehr, die war im Thurn bey der Glocken und war aller übel zufrieden, weinet sehr und fürchtet, es möchte dem Kinde etwas geschehen. Der Bub war fast eine Stunde bey mir auf dem vesten Gerüst, habe ihn darauf heimgeschickt zu seinem Ahnherrn, er soll ihm sagen, was er gesehen habe und wo er gesessen.

Den 20. August habe ich im Namen Gottes das sizend Bild die Circe genannt, auch hinauf gesteckt. Da kamen meine grosse günstige Herren die Bauherren auch hinauf in den neuen Thurnbau. Da hatte ich einen Wein, schenkte ihn in ein Gläschen und brachte dem Bauherrn Imhof ständlings auf dem Knopf, dasselbe trunke ich aus, war mein höchster Trunk so ich jemahlen gethan, habe noch diesen Abend 3 Gerüst vom Knopf herab hinwegbrechen lassen. Aufsetzung des Bildes.

Den 12ten April haben wir den Perlach-Thurn angefangen auszubreiten an allen Seiten mit einem neuen Wurf, waren dazu 8 Maurer, auf jeder Seiten zwey, heissen die Maurer Georg Heuss, Hans Heuss, Leonhard Ehrlinger, alle von Göggingen, und Hans Wischgatter, Basti Braun, Michael Reith, Matthäus Mang und Michael Ostertag von Augspurg; war biss 9. Septbr. biss auf die Cramläden vollführt und durch Gottes Gnad glücklich vollendet, dass nit einem einigen Menschen ein Schaden dabey geschehen. 1610. Ausbreitung und Wurf.

Die 4 Sonnen-Uhren habe ich an allen 4 Seiten gezeichnet und ausgetheilt. Der Herr Kager hat sie gemahlt, haben mir meine Herren derowegen verehrt fl. 20. Ich habe auch den Engel Michael, so alle Jahr an St. Michaelis-Kirchweyh herausgehet, durch die Schlag-Uhr also geordnet und angeben, dass er herausgehet und den Drachen in den Rachen stösst. Sonnen-Uhren. Engel Michael daselbst.

Nach diesem verrichteten Werk, so ganzer Burgerschaft wohlgefallen, dass man also in der ganzen Stadt die Stunden sowohl ob diesem Thurn schlagen hören — dann die Glocken um 80 Schuh höher als im Rathhaus-Thurn hangen — haben mir meine Herren also wegen dieses wohl vollendeten Thurn-Baus 200 Reichsthaler oder 300 fl. verehrt. Präsent wegen des wohlgeführten Baues.

1615. *Das alte Rathhaus und Glocken-Thurn wird abgebrochen.* Den 5. Februar erkannte ein Ehrsamer Rath und befahl mir, das alte Rathhauss abzubrechen und ein schönes neues an dessen Statt aufzubauen. Hierauf fieng ich gleich an zu reissen an dem durchsichtigen Rath-Haus-Thurn, darinnen vor die Schlag-Glocken gehangen, nehmlich die Viertel-Stund-Glocke im obersten kleinen Thürnlen, so ob der grossen Glocken stunde und 12 Centner gewogen, die ander grosse 4 Schuh weit und hat an der Heuwag 45 Centner gewogen. Diesen Thurn haben wir mit grosser Gefahr abgebrochen, jedoch war er künstlich gebauet, alles ganz durchsichtig, bestehet mehrentheils von Steinwerck und nicht weit; er gieng so stark in der Wag, dass meine Gesellen schier nicht wolten darob bleiben, ich sprach ihnen aber herzhaft zu und war streng bey ihnen. Haben also die Glocken inwendig des Thurns herabgelassen, die grosse Glocke hätt ihn sonst auf eine Seite gerissen. Habe also diesen Thurn abtragen bis auf den 31. diss Jenners, Gott Lob ohne Schaden verricht. Die Glocken waren auf den Rathhaus-Boden hinüber geführt auf Walzen, da haben wir einen Raum im Schieser herausgebrochen und zu disem Loch den 10. Oct. 1616. Jahres herab auf die Gassen gelassen und auf die Heuwaag geführt, daselbst hat (wie gemeldt) 45 Zentner gewogen. Hernach haben wir sie noch denselben Abend an Perlach-Thurn auf das unterste Gerüst gezogen und daselbst stehen lassen, bis sie auf den Thurn wie gemeldt hinaufgezogen worden. Dise Glocke ist 4. Schuh und 10 Zoll weit, ist Ao. 1388 gegossen worden und ist der englische Gruss mit Worten darauf gegossen.

Sturm-Glocke. Die Sturm-Glocke in Perlach-Thurn ist 5 Schuh und 5 Zoll weit, wird von Herrn Neidhard Glockengieser auf 56 Zentner geschäzt.

1615. *Marmor-Säulen.* Den 17. Febr. haben wir die 5 Saulen von Marmor-Stein ob dem Plaz des alten Rathhauses mit einer sondern Kunst niedergelegt (mit einer fundalischen Rüstung. Eine solche Saul war hoch 14 Schuh und 1½ Schuh dick, haben auf einer dazu gemachten Schleifen die Stiegen herab an einem Tascheuzug gehen lassen und in meiner Herren Steinhütten hinter St. Ulrich hinaufführen lassen.

Grund des Rathhauses. Nachdem diss Theil am Rathhaus gar abgebrochen war und der neue Grund gegraben, doch unterschiedlicher Tiefe, dann zu hinterst gegen denen Gefängnissen oder Eysenhof war er 40 Werkschuh tief und vornen aber gegen dem Platz war er 10 Schuh tief, lauter gut Kis und harter Boden, habe also alles zum ersten Stein zu legen zurichten lassen, nehmlich ein Credier-Steinlein eines Schuhes gross, inwendig ausgehauen und einen andern Stein zum Deckel darauf, darinn man des ersten Steins Anzeigen legen könnte. Und das war ein silber und vergoldtes Blech, darauf war gar schön und zierlich gestochen, dass es unter dem jezigen regierenden Kayser Mathia dem andern, von beeden jezt regierenden Stadtpflegeren, Geheimen und Bauherren geschehen, wie solches Blech zu lesen in meinen geschriebnen Sachen die Stadt Augspurg betr. zu finden ist. Das war in diesen Stein gethan. Bey diesem ersten gelegten Stein in Grund, da meine Herren noch im Grund dabey stunden und sie zuvor gelegt hatten, liess ich meinen Sohn Elias, der oben im Perlach-Thurn-Knopf gesessen war, auch hinab kommen in den Grund und liess ihn eben auf die Stein, welche meine Herren zuvor gelegt hatten, einen andern Stein legen, darinn sein Nahm und sein Alter gehauen war. Solches gefiel meinen Herren wohl, haben ihm 12 ganze Augspurger Gulden darzu in seine Hosen verehrt. Und dieses geschah an einem Dienstag Morgens um 7 Uhr, ehe man in Rath gieng, d. d. 25. August Ao. 1615.

Erster Stein gelegt Ao. 1615 dd. 25. Aug.

Zu Mitfasten haben wir das ander Theil des alten Rathhauses angefangen abzubrechen, welches dann viel gefährlicher war als das erste, und noch zwey alte böse Häuser mit alten Gewölben, Gefängnussen und anderm bösen Gemäur. Wär viel von diesem sowohl als dem ersten Abbrechen zu schreiben, was ich für Gefahr damit ausgestanden habe, aber genug von dem.

1616. Das ander Theil des alten Rathhauses.

Den 16ten May hat mein anderer Sohn Jeremias den ersten Stein mit Hülf seines Bruders Elias am Eysenberg am selben Eck gelegt. Auf diesem Stein war sein Nahm und Alter eingehauen samt der Jahrzahl. Setzte also ferner diesen Bau stark fort; das Wasser zu diesem Bau durch ein Deichel hineinführen, ein Gumper machen lassen, damit ein einziger Bub das Wasser biss in Bau zu oberst in das Dach hat gumpen können, dann wir sehr viel Wasser zu diesem Bau gebrauchten.

1616. Der ander Grundstein am Eysenberg. Gumper zu diesem Bau.

Den 27ten October haben wir das erste Thräm gelegt: und an diesem Rathhauss waren die kürzeste Thräm 43 und 44 Schuh lang, der langen Thräm waren 59 und 61 Schuh lang, waren schöne starke Holz.

Die erste Thräm.

Den 9ten Martii haben wir das grosse Gewölb unter dem Rathhauss, hinten da man unten durch dieses Gewölb und unterm Eysenhof zu ebenen Fuss hinaus an die Fray in den Rathsdieners Hof und die Einfahrt am Eysenberg hinausgehen kann, angefangen. Dieses Gewölb hat 4 grosse gemaurte Pfeiler von lauter guten auserlesenen alten Maursteinen in einem zarten Tünch gemaurt, darinn Ochsenhaar gemengt ist, und stehen die zwei hintern Pfeiler 10 Schuh von dem ge-

1617. Gewölb hinten unter dem Rathhaus.

machten Pflaster; von diesem Gewölb an in die Tiefe im Grund ein Bronnenwasser so 2 Schuh tief; und ist also diese Senkung dieser zwey Pfeiler gleich so tief als die hinter Hauptmaur des ganzen Rathhauses, die andern zwey Pfeiler aber stehen nur 14 Schuh tief auf einem trocknen Fuss. Ist dieses Gewölb weit 56 Schuh und 65 Schuh lang, auch von einem ganzen Riegelstein gewölbt und noch ein flacher Maurstein darüber gewölbt und dann erst ½ Schuh dick von guter Erden oder Leimen beschitt überzogen. Auch haben wir dieses grosse Gewölb in 9 Tagen mit 28 Maurer zugewölbt und beschüttet, dass man in 10 Tagen gleich mit Wägen, darin 400 Maurstein mit 4 Rossen geführt, darüber gefahren. Haben zu diesem Gewölb 65,000 Stein, ohne die flache Maurstein, so darüber gezogen seyn, verbraucht.

Die andere Thräm. Den 8ten May haben wir das andere Thräm in 4 Tagen hinaufgezogen, und wann uns der Zimmermann nicht verhindert, wolten es wohl in 3 Tagen verricht haben, sind der langen Thräm 29 gewesen von 62 Schuh lang uud der kurzen zu 42 und 44 Schuh lang. Dieses Thräm ist das allerstärkste am ganzen Rathhaus, von wegen dass auf der Amtsstuben keinen Durchzug haben konnte, seind etlich 2½ Schuh dick. Ich habe zum Aufziehen zwey unterschiedliche Zug darzu vom schwachen Rüstholz angerüst, dass an jedem Zug ein Mann allein ein solchen grossen Arm hinauf ziehen konnte.

Thräm auf den Saal. 1618 den 12. May haben wir Thräm auf den Saal gelegt, daran waren 33 von 62 Schuh laug, darzu ich abermahl neue Zug geordnet, auf jeder Seiten einen, nur von schlechtem Holz gemacht, aber so fertig, dass diese 33 Thräm in 6 Stunden hinauf an ihren Ort gezogen worden; ist die Höhe, darob diese Thräm liegen, vom Boden auf 100 Werkschuh. Es hat diesen Nachmittag Hr. Stadtpfleger eine ganze Stund zugesehen, wie diese Thräm hinaufgezogen worden, seyn eben in seinem Zusehen 7 Thräm hinaufgezogen worden, hat sich sehr verwundert und neben dem Bauherrn Welser dem Gesind ein Trunk geschafft. Ueber dieses Thräm haben wir noch ein Gaden 15 Schuh hoch gebauet zu einer Rüst-Kammer und seynd mit 2 Stiegen beeden Seiten auch in gleicher Höhe mit aufgefahren bis wir die ganze Höhe ringsherum zum Dachstuhl aufzurichten gar gemaurt und gebauet haben und solches durch Gottes Gnaden den 21ten Junii in Stand gebracht.

Dachstuhl aufgericht. Den 25ten Junii haben wir den grossen Dachstuhl aufzurichten angefangen ob dem mittlen Bau oder Saal von stattlichem Holzwerk auf eine sondere Manier angebunden, welches in 20 Tagen wohl und glücklich verricht wurde, war mir für den Aufrichtwein dieses Dachs fl. 50. von meinen Herren verehrt worden.

Vor Anfang dieses Rathhauss-Baues habe ich einem jeden Hrn. Stadtpfleger ein Modell von Holzwerk machen lassen, wie es kommen werde, und zu Hauss gesandt. In diesem sollen die zwey mittlern Stiegen zwischen die Altanen auch mit einem Dach und Schliesser beschlossen worden seyn. Es hat mich aber bedünkt, es wurde viel ein bessers Ansehen haben, da man auf jeder Stiegen einen achteckichten Thurn bauen und sezen würde, und meine Herren fleissig gebetten, sie wolten mir solchen Bau ferner auch vergönnen und die Unkosten nicht so genau ansehen; wann schon jeder Thurn fl. 300. mehr belaufen werde, es hätte doch dieser Bau sowohl inner als ausser der Stadt ein heroisches Ansehen, solten nicht sorgen, ich hätte diesen Bau also zu Grund gesezt, dass ich mir wohl getraute zwey solche Thurn hinauf zu setzen. Und da es mir nun vergönnt worden, habe ich also gleich mit Freuden angefangen den Thurn gegen den Fischmarkt den 21. August zu erbauen und den andern gegen den Eysenberg den 3. September. Es seyn diese Thurn mit Maurwerk in allem 30 Schuh gross, achteckicht und 36 Schuh hoch über des Dachs Anfang. Habe auch das Dachzimmer am Werkhof mit eigner Hand ausgerissen und geordnet, dann die Zimmerleut konnten nicht wohl mit diesem Circul umgehen, hab hernach die Knöpf, so 3 Schuh gross und schön verguldt waren, selbst mit eigner Hand hinauf gesezt. Das Dach-Zimmer dieser Thürmen ist 40 Schuh hoch bis an den Knopf. Wir haben auch neben Auferbauung dieser Thurn zugleich den vordern und hintern Schiesser aufgebaut und den 14ten September die hintere marmorsteinerne Stadtpier, so 3 Schuh 3 Zoll gross und 7 Schuh hoch, auf den hintern Schiesser gesezt und an ein gewaltig eyserne Stangen gesteckt; sie war gleichwohl von gemeinen Stucken und wiegt redlich 60 Zentner. Haben im Hinaufsezen eine zimliche Gefahr damit ausgestanden.

Rathhauss-Thurn gegen den Fisch-Markt.

Detto gegen den Eysenberg.

Vorder und hinter Schiesser.

Stadtpir hinten.

Den 8ten October haben wir die Stadt-Pir auf den vordern Schiesser aufgestellt, ist von Metall gegossen und mit dem Capital 12 Schuh hoch und 4 Schuh im Bruch weit, war ganz dünn und hohl, hat gewogen 1442 Pfd. und bey fl. 1000. gekostet, ist von ganzen Stücken in einander geführet und geschrauft, das Capital auch besonder allesam in ein gewaltig eyserne Stangen eingeschrauft; die Stange ist 12 Schuh in den Schiesser tief eingemaurt und sehr wohl versorgt.

Stadtpir vornen.

1610. Achtmarmorsteinerne Säulen auf dem untern Platz.

Den 7ten Febr. haben wir die gevierdte marmorsteinerne braune Säulen oder Colonnen im untern Gaden angefangen zu sezen, dargegen ich von Eysenwerk eine freye Rüstung machen lassen. Die Säul seyn in hölzernen Latten eingemacht gewesen, damit sie nicht zerstossen werden, ist allemahl in ½ Stund eine solche Saul gesezt worden; dann wann eine mit dem Wagen hero geführt worden, hat man solche gleich am Zug-Seil gefasst, das Eysen war beym Steinmezen schon in der Hütten daran gemacht und war der Zug ob jedem Ort, da sie stehen solten, schon gericht, man durft nur anlegen und vom Wagen herabziehen, da hieng sie dann wie ein Kerzen, ward hernach gemach herunter gelassen und wie sie stehen soll gestellt. Es seynd diese 8 Säulen in 2 Tag gesezt gewesen, ist eine jede Saul von 3 Stücken mit Postament und Capital 13½ Schuh hoch und 16 Zoll oder ganz überzwerch 24 Zoll dick, Circumferenz 84 Zoll; ist in ordinari Dorica, kommen von Salzburg heraus, wigt eine bey 68 Zentner ohne die Postament und Capital.

Am 22ten Februar haben wir das grosse Gewölb auf vorgemelten marmorsteinernen Pfeilern zugewölbt und den 30ten April die Bockstell ausgeschlagen und ausgeraumt. Ist diss Gewölb mit bestem Fleiss versezt, alles mit durchschleifenden Gürten überrückt gewölbt, schön und wohl gerathen, auch von männiglich gelobet worden.

Runde Säulen auf dem obern Platz.

Den 9ten April darnach haben wir die runde marmorsteinerne Stuck, so auf dem Plaz vor der Amt-Stuben stehen sollen, unter den Durchzügen hinaufgezogen, aussen vor der Porten und oben zum Fenster hinein gelassen und ebenso ringfertig aufgericht als die untern stehen, also dass das Tragen von Grund auf einander gehet, wie es seyn solle; und haben diese Säulen Opera Corinthica und unten und oben gegossne Postament, schön herrlich von Metall gegossen, und wigt eine solche Saul bey 50 Zentner und ist eine mit allem 16 Schuh hoch.

Adler am vordern Schiesser.

Den 16ten May haben wir den grossen gegossenen Adler an dem vordern Schiesser am Rathhaus mit grosser Mühe gemacht, wigt bey 22 Zentner, kost vom Giesser für Posiren und Alles fl. 1400., zu vergulden fl. 500. und andere geringe Unkosten fl. 100., kost also in Allem fl. 2000.

Diese Woche hat man auch am hintern Schiesser einen solchen Adler in der Grösse, wie dieser auf metallische Art gemahlt, nehmlich

19 Werk-Schuh gross in die Vierung. Hernach hat man an diesem Rathhauss herum streng verworfen und ausgebreit, so viel Arbeit erfordert und in die Runde herum 580 Schuh Bögen und viel gesimtes Werk und Fenster hat, welche alle mit einem steinfarben Wurf unterworfen seynd.

Den 20ten Mart. haben wir 4 Givamis auf die 4 Ecken der Altanen aufgericht, die hab ich von hölzernen Remling lassen zusammen schliessen und hernach von Zinn überziehen, ist gleichwohl halb Bley darunter, der jünger Orgelmacher allhie hats überzogen, ist ein . . . . 20 Schuh hoch, die Spitzknöpf darob seyn von Metall gegossen und vergoldt. 1620. Pyramiden auf den Altanen.

Den 8. May haben wir die vier grossen Porten vornen am Rathhaus gesezt und aufgericht von lauter schönen braunen und weissen Marmor. Habe wieder ein solchen Zug darzu gericht, damit man die gewaltige Stuck, deren etliche bis 80 Zentner gewogen, aufgezogen, auf einander gesetzt, sonderlich die zwey gewaltigen Portal-Säulen haben wir gar gering aufgezogen und gesetzt, welches beede Herren Stadt-Pflegern und sehr viel andere Leuth gesehen haben, so alles glücklich und wohl verrichtet worden. Das gegossen Gitter, so unter diesem marmorsteinernen Bogen ist mit zwey Griffen, so der Stadt Wappen halten, hat 2000 fl. gekost, der Wolffgang Neidhard hats gegossen und Christoph Wurmann, Bildhauer, hat die Form von Holzwerk dazu geschnitten. Portal. Gitter unter demselben.

Meine Herren haben mir wegen diesem Rathhaus-Bau, weilen er Gott Lob so wohl aufgeführt und geordnet, einen schönen vergoldten Becher mit einem Deckel, darein das Stadtwappen geschmelzt und darinnen 600 Goldgulden waren, verehrt, gilt damahlen (eben im Steigen des Golds) einer 2½ fl., war fl. 1500. Ist also dieser Bau durch Gottes Gnad diss 1620ten Jahrs wohl und glücklich vollführt und darauf den 3ten August erstgemelten Jahrs das erstemahl die Raths-Wahl darinn gehalten worden und seyn mit ihrem Schatz, Statuta, Documenta und Mobilien völlig darein gezogen. Verehrung wegen des wohlgeführten Baues.

Im Februario haben wir auch den hintern Bau angefangen am hintern Perlach-Berg, da zuvor ein Frohnhaus gestanden, so zum Stoffel Schmid an der Perlen-Stieg geheisen, hat 4 Gemach, in jedem 2 Stuben, 2 Cammern und einen Gang, auf Bögen mit Pfeiler, Keller, Holz-Gewölber, einen feinen Hof und 2 Abseiten, darinnen Wasch-Kuchen und Badstüblen und ein Röhr-Kasten im Hof und ein Einfahrt von der Gassen; in diesem Hof auch jeder Gemach sein be- 1618. Trabanten Hof.

sonders Privät, wohnen jezt in diesem Hauss der Herren Stadt-Pfleger Trabanten.

1620\. Rathsdieners und Eysenmeisters-Wohnungen, Amtsdiener, Malefiz-Stüblein und Capell.

Im Frühling haben wir die 4 Häusser, darinnen der Rathsdiener, der Eysenmeister, 6 Stadt-Knecht gewohnt, abgebrochen und zu dem neuen Bau, so in der Länge vom Rathhaus an bis an den Eysenberg und an's Beckenhaus gehet und 120 Schuh lang ist, weiter von Grund auf neu gebaut und im August fertig worden. Dieser Bau hat erstlich drey unterschiedliche Dach mit grossen Höfen, in jedem Hof einen Bronnen und Röhr-Kasten, ein Waschkuchen und Badstuben und ist 3 Gaden hoch. Dieser Bau hat 9 Keller, 13 Stuben, 30 Kammern und unterschiedliche Holz-Legen und andern Behältnissen mehr; ob diesem Bau, ob den alten Gefängnüssen wir ein Malefiz-Stüblen samt einer Capellen gebauet. Dieses ist alles wie eine Altana oben mit Kupfer gedeckt, wohnen in obgemeltem Bau zwey Rathsdiener, der Eysenmeister und die 6 Stadt-Knecht.

1619\. Kirchen-Thurn zu Oberhausen.

Den Kirchen-Thurn zu Oberhausen, die zwey Schiesser und das Dach herabgebrochen, dagegen von Maurwerk ein gevierter Gaden 20 Schuh hoch gebauet, der Dachstuhl war ein Windberg, hab ihn selbst geordnet und darauf gesezt, auch mit Kupfer decken lassen, den vergoldten Knopf und Kreutz hab ich selbsten hinaufgesetzt. Der Knopf ist 2 Schuh gross und haben die Herren Pfleger über diss Dorf, als Hr. C o n r a d . . . . und Hr. J o h a n n B a p t i s t I m h o f fünf neue Glocken in diesen Thurn giessen lassen; die grösste wigt 20 Zentner.

Verehrung vor diesen Bau.

Nach glüklicher Vollendung dieses Thurns haben mir diese Herren vor meine Mühe ein schön vergoldtes Schälen, darinn 24 Goldgulden, verehrt.

Soldaten-Zwinger zwischen dem Einlass und Klinker-Thor.

In diesem Jahr haben wir in schneller Eil einen neuen Land-Knechts-Zwinger auf dem Kneling vom Einlass bis zum Klinker-Thörlen und auch weiter unterhalb hienach 1400 Schuh lang gebauet, alles von Holzwerk, habe allein den Grund heraus mauren lassen, ist alles in wenig Wochen gerichtet worden.

Maur beym untern Gang.

In der Ablässen Ao. 1615 war die Stadtmaur beym untern neuen Gang, so auf 3 Bögen und Zwingen-Pfeilen stund, vom Lech so dadurch lauft unterfressen, dass sie wollte einfallen. Habs lassen abtragen und einen neuen weiten Bogen geschlossen und die Stadtmaur darauf gesetzt, wie noch zu sehen. Dieser Bogen ist 40 Schuh weit.

1619\. Thurn bey St. Stephan fallt ein.

Den 25. Sept. ist der Thurn bey St. Stephan, da man dann erst dieses Jahr ein gemaurt 8eckichten Gaden von 24 Schuh hoch darauf gebaut, in der Nacht um 10 Uhr über einander gesessen und umgefallen ohne männiglich Ursach. Der alte Thurn war nur von kleinen Duft-Stücklen gebaut und in der Mitte der Maur mit runden Brocken und allerlei ausgefüllt, also der neue Last zu schwer war und das alte Gebäu auseinander gehen und zerbrechen musste.

Den 4. October habe ich darauf der Abtissin zu einem neuen Thurn ein Visier übergeben und hernach den 22ten diss den ersten Stein helfen legen. Hab zuvor den Grund noch 10 Schuh tiefer als er vor war graben lassen, also die ganze Tiefe 18 Schuh tief gewesen. Herrn David Welsers Sohn hat den ersten Stein in Grund gelegt, seynd dabey im Grund gewesen wie man ihn geleget Herr David Welser, geheimer Rath und seine Hausfrau, Abtissin, ich und Meister Carl Diez, so den Thurn, welcher eingefallen, gebauet hat und diesen wieder erbauet. Hab ihnen zwey gute Maurer zugeliehen, auch zu allem mein Rath geben, ist mir mit einer ziemlichen Verehrung belohnet worden. Wieder aufgebaut.

Diss Jahr habe ich das Stephinger-Thörlen abgebrochen und wieder neu wie das Fischer-Thörlen folgends Jahr vollends ausgemacht. Thurn auf Stephinger-Thörlen.

Diss 1619te Jahr im Octobri die alte Stadtmaur vom untern neuen Gang bey der Sackpfeifen an bis zu der Dom-Probstey um 10 Schuh höher gebaut, mit Bögen und Pfeiler, damit man in der Vorstadt nicht hinüber könne. Stadtmaur vom neuen Gang.

Dieses Jahr auch Hr. Octavian von Taxis, Postmeister am Posthaus gegen der Strass, ein neu Angebäu von Grund aufgebaut, zweymal auf einander gewölbt und zugericht zu einem Stüblen und Behaltnus.

Diss Jahr auch bey St. Martin ein feinen neuen Bau für den Pfleger gethan, nehmlich das Zwerch-Hauss, darunter die Durchfahrt am hintern Hof ist. Mehr für die Herren ein schön Gewölb, ein Waschkuchen und Baadstüblen für den Verwalter Christoph Weyhemair, im andern Gaden zwey schöne Stuben, zwey Kammern; item des Verwalters Abseiten, darinnen seine Wohnung ist, fast gar neu gebaut und dann im Garten daselbst ein schönes Sälen und hinten im Hof eine Stallung für die Gilt-Bauren, dann im vordersten Hauss gegen dem Platz noch etlich Kupferschmied-Gewölber und auch dem Doctor so daselbst wohnet ein gemaurte Stieg ins Haus hinauf gemacht und viel anders Dings noch in diesem Haus mehr. Bau bey St. Martin.

Diss Jahr den grossen Thurn beym Bachenanger herüber gegen der Stadt aufwärts höher aufmauren lassen und einen starken Dachstuhl darauf gesetzt, so jetzt eine sonderliche Wehr ist. Thurn bey dem Bachenanger.

Diese nach bemelte Gebäu wurden alle neben der Perlachthurn- und Rathhaus-Auferbauung gemacht und unter selbiger Zeit verfertiget. Wäre noch viel zu schreiben von den Reisen, wohin man mich aller Orten beschrieben und erfordert worden bin, da ich in meiner Herren gebietenden Diensten, nachdem ich Werkmeister worden bin, verrichtet und an etlich Orten die Gebäu zu berathschlagen mich verfügen müssen; aber solches alles zu spezificiren würde zu lang und verdriesslich sein, dann es gebrauchte sich meines Raths und Arbeit Hr. Zacharias Geizigkoffler, Reichs-Pfennigmeister.

St. Peters Kirch-Thurn zu Neuburg.

Ihro Hochfürstl. Durchlaucht Philipp Ludwig Pfalzgraf bey Rhein begehrten mich auch nach Neuburg wegen St. Peters Kirchen-Thurn, daselbst musste ich neben einen Werkmeister von Ulm Namens Hans Schmid wegen Baufälligkeit gemelten Thurns halben unser Gutachten ertheilen, übergebe mein Bedünken schriftlich und Abriss; war mir verehrt 30 fl.

1607. Gräfl. Schwarzenburg. Schloss zu Schönfeld.

Herr Graf von Schwarzenburg liess mich auch von meinen Herren in das Frankenland begehren wegen seines abgebronnenen Schloss, und wohnt der Graf, weilen das Schloss verbronnen, herunten im Markt Schönfeld*) genannt. Hatte viel Mühe mit Visieren zu machen neben seinen Bauleuten, wie das Schloss wieder mit schöner Manier zu bauen, brachte 14 Tag damit zu, ward mir hernach über mein Zehrung noch fl. 75. verehrt.

1607. Rysse Kayser Rudolpho II. überschickt.

Habe Ihro Kayserl. Mayt. Rudolpho II. auch etliche Gebäu, so ich hier aufgericht habe, als das Zeughaus, Siegelhaus, neue Metzg und das Beckenhaus auf ein Pergament abgerissen und nacher Prag senden müssen, wird mir allhier im Reichs-Pfennigmeister-Amt darauf verehrt fl. 50.

1609. Domkirch-Thurn alhier.

Hat Herr Dom-Dechant zu Unser Frauen allhier wegen des Kirchenthurn, welcher gleichsam einfallen wollte, nach mir geschickt, wie diesem gefährlichen Werk zu begegnen, dann das Maurwerk an diesem Thurn war schon zerkloben und alles auseinander, als ob es stündlich über einander fallen wollte. Das Gemäur war alles mit kleinen Duft-Stücklen auch inwendig mit runden Brocken und Schrollen ausgefüllt, war grosse Gefahr dabei. Ich liess gleich Befehl geben, dass man spreisse und gab mein Bedünken schriftlich neben einem Abriss dem Capitel über. Da hat man nach meinem Rath den Thurn an 3 Seiten lassen unterfahren mit bachenen alten Steinen, hab etliche Gänge darzu gethan, dass recht gemacht werde, sein mir deswegen

*) Scheinfeld in Mittelfranken.

von einem Ehrwürdigen Dom-Capitel verehrt worden 10 kayserliche Gulden.

Den 21. Martii war ich von Ihro Churfürstl. Durchlaucht Herrn Conrad von Gemmingen Bischofen von meinen Herren begehrt und beschrieben worden wegen eines Schlossbaues bey Eichstätt auf dem Felsen St. Wildbolds-Berg. Nach meiner Ankunft musste ich den Felsen allenthalben besichtigen, ob fürgenommener Bau, so sehr stattlich von Quater-Stücken sollte geführt werden, könnte an diesem Ort beständig stehen und statt haben. Habe fleissig nachgefragt, wie ihme müsse zu Leib gegangen werden, und Ihro Fürstl. Gnaden alles umständlich hernach und ausführlich zu verstehen geben. Hat Ihro Fürstl. Gnaden also mein Vorschlag sehr wohlgefallen, mir freundlich zugesprochen, dass ich jederzeit auf Erforderung widerum von Augspurg mich bey Ihro Fürstl. Gnaden einfinden wollte, das sollte erkannt werden, liess mich hernach herrlich tractiren und mit fl. 100. Verehrung abfertigen. 1600. Schlossbau bey Eichstädt.

Den 16ten May hernach war ich wieder berufen und mit einer Visierung nach Eichstädt, wie das Schloss von aussen ein Ansehen haben sollte. Das gefiel Ihro Fürstl. Gnaden sehr wohl, haben darauf den 14ten diess den ersten Stein an diesen Bau gelegt an dem Eck-Thurn gegen dem Closter Marien-Stein unten im Thal an dem Wasser Altmühl gelegen. Da war der Felsen schön eben eingericht auf 30 Schuh in die Visirung und fein einwärts hangend gemacht, wie ich es angegeben habe. Hat den ersten Stein Ihro Churfürstl. Gnaden Selbst mit eigner Hand helfen legen, war ein gross Marmor-Stück 4 Schuh lang, 2½ Schuh dick, in der Mitten ein rund Loch darinnen gehauen. Ihro Churfürstl. Gnaden hatten ihren ganzen Ornat an, kamen mit ihren fürnehmsten Herren Geistlichen und Weltlichen, es war ein Weg gemacht unten vom Felsen, dass man füglich von dem Ort des ersten Steins kommen konnte, und war oben am Berg ein Gerüst gemacht, darauf stunden 6 Trabanten und 2 Heerpaucker und zuvorderst auf dem Schlossberg gegen der Stadt stunden 18 Stück Geschütz. Als man den ersten Stein gelegt, ward in dessen eingehauen Loch von Ihro Fürstl. Gnaden goldene und silberne Münzen in ziemlicher Anzahl hinein gelegt samt einem zweifachen Glas mit rothen und weissen Wein, auch ein Bleizettul, darauf Ihro Fürstl. Gnaden Nahmen, auf der andern Seite Herren und Baumeister Nahmen gestämpfelt waren, so dabey gewesen. Als man das verricht, ist ein grosser Stein wiederum auf den ersten gelegt und alsdann die Heerpaucken und Trompeten angegangen, dass es in dem Altmühl-Thal erhallet hat; dann sind die grosse Stück alle mit einander dreymal losgebrannt worden, dass man vermeint, es werde der Berg zusammen einfallen. Hernach war ein stattlich Mahlzeit gehalten worden und auf Glück des neuen Baues mächtig getrunken, ist bey mir auch nicht gespart worden. Ich war in allem zuvorderst bey diesem Werk und habe einen gnädigen Herrn an diesem Bischof gehabt. Es haben auch Ihro Churfürstl. Gnaden ein stattlich Jagen gehalten den anwesenden Herren zur Ehre, wir hatten einen halben Tag darauf zu fahren und haben auf diesem Jagen 7 grosse Hirsch gefangen. Herr Stadtvogt Voit war auch neben mir dabey, seyn in Ihro Gnaden Chaise gesessen, hatten rothen und weissen Wein genug zu trinken, kamen hernach wieder hinein ins Schloss um 9 Uhr, haben mir Ihro Fürstl. Gnaden dissmal verehrt fl. 50. und eine schöne gezwirkte Hirschhaut.

1610. Heilig-Grab-Kirche zu Eichstädt. Zoge ich wiederum zu diesem Bischof nacher Eichstädt. Damalen gieng der Bau stark an, haben dissmal berathschlaget, einen neuen runden Bau zu einer Kirchen, so Ihro Fürstl. Gnaden unten ausserhalb ihrer Stadt dem heil. Grab zu Jerusalem zu Ehren zu bauen. Habe ein Visier dazu gemacht. Damalen hat mir Ihro Fürstl. Gnaden einen schönen goldenen Ring mit einer schönen Türkis und 30 Thaler mit seinem Wappen verehrt mit Befehl, solle mir ein schönes Hochzeit-Kleid darum machen lassen mit Schneplen Ihro Churfürstl. Gnaden zu Ehren, etwann auf Hochzeiten zu tragen. Den Ring aber habe ich nur einmal auf einer Hochzeit getragen. Ihro Fürstl. Gnaden giengen aber bald hernach mit Tod ab, war also es aus mit diesem Bau, allein das Schloss ist noch auferbauet worden.

1609. Findelhaus-Anbau. Sonsten auch am Findelhauss einen neuen Bau am Lech 2 Gaden hoch aufgeführt.

1616. Neuburg. Pastey-Reparatur. Im Martio vom Herzog nacher Neuburg mit Namen Wolff Wilhelm berufen, da ich neben andern Meistern als die Pastey von der Donau baufällig worden, berathschlagen müssen, wie derselben zu helfen wäre; war mir 30 fl. verehrt.

1622. Wachthaus aussen vor dem Einlass. Im Martio aussen vor dem Einlass ein kleines Wach-Hüttlen gebaut, darinn man das ganze Jahr Wacht hält, dass die Leut sicher zum Einlass herein kommen mögen.

1622. Rothe Thor-Thurn. Dieses Jahr das rothe Thor innerhalb abbrechen lassen und auf neue Manier wieder auferbauen, einen neuen Dachstuhl mit einem kleinen Thürnlen und eine herrliche Schlag-Glocken, wiegt 10 Zentner, ist zuvor auf dem alten Rathhaus die Viertel-Glocke gewesen. Hernach habe ich diesen Thurn zierlich ausbreiten lassen, mit Steinfarben und Nuffi zwischen den Colonnen und Gärten mit rothen Würfen, wie hernach die übrigen Thüren auch auf solche Manier, also das Klinker-Thörlen, Gögginger etc., wie noch Alles vor Augen zu sehen ist.

Dem Hieronymus Fugger des Hanss Jörg Christels Hauss um fl. 20,000 erkauft, auch viel darin gebauet. 1625.

Den 8ten Februar habe ich in Gottes Namen auf Befehl meiner Herren angefangen, den alten Spital-Bau abzubrechen, so an dem Farb-Haus vornen am Bronnenbach gestanden. Und ob mir wohl dieses Jahr nit mehr als 60 Personen von Maurer, Tagwerker und Mörtelbuben, damit so grosse Unkosten nicht erfolgen, anzunehmen vergonnt, sein wir also fortgefahren so viel immer hat seyn können, und habe diesen Sommer in 3 Wochen den Bronnenlech verruckt und auf 200 Schuh lang eine neue Bachmutter gegraben, zu beiden Seiten stattlich mit Duftsteinen besetzet, den Bach mit Letten gebant, nebenzu verbessert und auch eine neue Mühl hinüberwarts, da ein neuer Bau darauf soll kommen, ganz völlig ausgemacht, inwendig und auswendig mit 4 Gängen oder Wasser-Räder, ein stattlich Abwerk, ein eysernen Rechen, alles nach allem Vortheil. Haben die Spitalmüller nit länger als 5 Wochen feyrn dürfen und gleich in der neu gebauten Mühl wiederum gemahlen mit des Spitals grossen Nutzen. Der Lechmeister Hans Kohler hat das Mühlwerk und das Abwerk alles mit seinem Gesind gemacht, wir haben auch ein vergeben Dach mit Ziegeln darauf gemacht, weil der Bau, so auf diese Mühl kommen soll, vor 2 Jahren nit kann angefangen werden. Haben alsdann beim neuen Langhaus einen Anfang gemacht und inwendig aus dem Grund heraus gemaurt, jedoch mit wenig Leuten, dann es diess Jahr bey meinen Herren viel Neben-Arbeiten gegeben. 1625. Spital-Bau.

Diss Jahr habe ich den grossen Wart-Thurn beym Blatterhaus decken lassen, dann ihn das Wetter so hart am Dach verderbt, dass ein Futter Heu hätte dadurch fahren können; hab auch an diesem Thurn ein Schussloch lassen einbrechen, dass man auf diese Strass bis zum Oblatter-Thörlen hinauf schiessen kann. Thurn beym Blatterhaus gedeckt.

Den 24ten October trug sich zu, dass mein lieber Mit-Werkmeister Hanss Miller zu Tod gefallen. Es gieng also zu, dass er auf den Abend mit seinem Ballier Thoma Simmler auf dem Lederhaus drey Maass Wein getrunken. Wie nun der Haus Miller vom Lederhaus heimgehet, kehrt er am Heimweg bey Christoph Wurmann Bildhauern an der Schlosser-Maur ein und zahlt daselbst ein Viertel Wein, redet mit ihnen daselbst von ein und anderm. Wie er nun wieder weiter nach Haus will, so gibt ihm der Wurmann mit seinem Gesellen mit dem Licht zu Nacht um 8 Uhr das Geleit bis zur Stiegen, da die Saulen auf die Maur gehen. Da wollt ihme der Miller die Stieg hinauf nicht mehr zünden lassen, sondern that die Thür hinter ihm zu und liess sie in das Haus hinein gehen; da er aber die Stiegen hinauf wollte, ist er zurück herabgestürzt und hat sich Löcher in Schlaf gefallen, war also kein Mensch bei ihm, bis er bei einer halben Stund hernach von einer Magd an dieser Stieg todt gefunden worden. Gott sey ihme gnädig und barmherzig. Amen!

Altes Stück vom Spital fällt ein.

Den 25ten diss an St. Catharina-Tag trug sich ein betrübter Unfall wiederum zu, dass wider alles Versehen im Spital im alten Langhaus, da wir heraussen am neuen Bau im Grund maurten, gegen Mittag um 10 Uhr in der Mitte des Langhauses bei dem Röhrkasten ein Pfeiler zerbrochen, dardurch das Gewölb einfiel und 10 Weibspersonen niederschlug, deren drey gleich Tods blieben, denen sieben aber Arm und Fuss und anders abgeschlagen, von welchen den andern Tag auch eine gestorben.

Ich habe dieser Tagen mit meinen Maurern nit allein mit grosser Gefahr und Gestank vom Staub diese arme Leut helfen heraus raumen, sonderlich hernach mit Spreissen des andern noch stehenden Gewölbs und Pfeilers, damit solches nicht weiter hernach falle, grosse Lebensgefahr ausgestanden, sondern noch gleich ein Gerüst von 50schuhigen Holzen gemacht, solche eingefallene Gewölber wiederum zugewölbt, und nachdem ich aber meine Herren im Bauamt samt denen Herren Spitalpflegern auf den Augenschein geführt habe, hat sich alda noch an vielen Orten dieses Langhaus sowohl an Gewölbern als Hauptmauren grosse Fehler und Baufälligkeiten gefunden. Man hat die Sache endlich besser zu Rath gezogen und befunden, dass man noch mehr Gefahr in diesem alten Gebäu zu gewarten hätte. Da ward befohlen, dass man von Stund an die Leut im untern Gaden, wie auch im obern sollte ausziehen lassen, waren damalen über 300 Personen. Nun war ich angeredt, wo man ein gelegenes Ort erkiesen möchte, dahin man diese arme Leut möchte unterbringen; da fiel mir der Eicht-Stadel ein, welches dann den Herren wohl beliebt. Ist auch gleich Befehl gegeben worden, man solle die leere Weinfässer heraus raumen und zwey Stuben aus diesem Ort machen. Solches haben wir gethan, gleich mit Leuten übersetzt und in wenig Tagen die zwey Stuben, jede mit zwey eisernen Oefen zugericht, aber gar schlecht von Maur und Holzwerk;

ist jede solche Stuben 120 Schuh lang und 40 Schuh breit, dass man sich also darinnen behelfen können, bis das Spital wieder auferbauet war; habe also an dem Spital ganz ein andere und neue Visier gemacht.

Im April dieses Jahr haben wir angestellt 8 Maurer, den abgebronnenen Bau im Spital-Hof, so den 24ten Juli 1625 zu Mitternacht durch das Wetter angezündet, 200 Schuh lang, der Ober-Bau in Feuer aufgangen, da auf den Böden 200 Schober Stroh gelegen, aber den untern Bau, welcher durchaus gewölbt war, nit vom Feuer niederfahren könnte, wider zu decken; und als man dasselbig fast gedeckt an jeder Seiten, da gieng das Zimmer auseinander und schub die Hofmaur von sich, dass in allen Zellen grosse Riss gab. Da mussten wir in grosser Eil das mittlere Gewölb, welches ohne das wegen des Brands nit mehr halten wollte, einreissen und ein Thram hinterlegen, auf das zwey Träm und solches mit Klammern und Zwingen zusammenfassen, dass es nit weiter auseinander gehe.

Ist mir dieses Jahr nit mehr als 40 Personen in Allem zu halten 1630.
vergönnt worden mit Vermelden: „es seye allbereit grosser Unkosten Spital neues
aufgangen und kein Geld mehr in der Cassen." Musten also das Bauen bestens möglich einziehen; ich wusste wohl die rechte Ursach, warum es eingestellt, habs aber gerne unterlassen. Es war dieser Zeit schon das lange Langhaus im Spital alles ausgebauet, welches 265 Schuh lang und 64 Schuh breit ist mit samt den Mauren; ist auf 44 Pfeiler gewölbt, nehmlich 39 Kreuzgewölb, und ist 20 Schuh hoch im Licht, auch 2 Gaden hoch, kommen darein 80 Bettstatten, jede mit einem Kasten, Trüchlen und anhangenden Tischlein. Ist dieser Ort für die alte gesunde Weiber, hat 4 eiserne Oefen, 4 Ausgäng und in der Litten ein Röhrkasten; einwärts gegen dem Hof rinnet der Bronnenlech, hart an diesem Langhaus durchab bis an die Mühl: in diesen Bach sind auch alle Privet gericht.

Item eine gross gewölbte Kuchen für die Weiber, so selbst was kochen wollen. An dieser Kuchen über den Bach hat es einen grossen Thurn 24 Schuh geviert, der Ausgang schön weit, zwey Stiegen alle gewölbt, die dritte aber mit eichenen Läden beleget. Im obern Gaden dieses Baues, so 12 Schuh hoch, sein 4 Stuben, eine grosse, darinnen die gesunde Männer alle sein, in einer kleinern aber die kranken.

Item die kranken Weiber auch in einer Stuben, wie auch die fallenden Weiber in der 4ten Stuben; ob dieser Gaden hat es vier grosse Böden unter dem Dach zum Korn-Aufschütten.

Dann hats zu oberst über dem Bronneu-Bach ein Wäschhaus mit zwey grossen Kessel, darein das Wasser vom Wasserthurm, so gleich dabei stehet, kann gericht werden in kleinen Röhren; auch bei diesem Haus einen feinen Hof, darinnen die Wasch-Sträng über den Bach gericht, und eine Holzläge und anders mehr. Auch besser herfür gegen dem grossen Hof hat es eben ein gross Haus, so auch neu gebaut, 3 Gaden hoch. Im untern Gaden ist das Bad, sammt seinen grossen Bad-Rinnen zum Mayenbaden. Item ein kleines sonderes Bad für die Zuchtväter und 6 Mägd. Ist dieser Gaden und Badhaus durchaus stark gewölbt und wohl versorgt, dass es die Hitz wohl hält. Im mittlern Gaden schön Stuben und Kammern samt einem grossen Tennen und Kuchen, hat sein sonder gewölbte Stieg hinauf. Im obern Gaden hats ein Stüblein, zwey Kammern, einen schönen Tennen und grosse Kuchen, darinnen die 6 Mägd für die Kranken insonderheit kochen; sie haben auch gleich von der Kuche heraus auf dem Gang an die Stadtmaur einen kupfernen Röhr-Kasten etc.; unter dem Dach hats grosse Böden zum Waschtrocknen und anderm. Ist dieser Zwerchbau lang 65 Schuh und 52 Schuh breit, das Wasser ist alles in bleiernen Röhren rund herum ins Bad geführt bis in den Bad-Kessel.

Ferner vornen an der Reichs-Strassen einen grossen Bau, durch welchen die Einfahrt und der Haupt-Eingang ist in dieses Spital. Dieser Bau ist lang von dem Bronnenbach an bis an die Stadtmaur 90 Werkschuh und 60 Schuh breit, ist in diesem Bau die Mahlmühl mit 3 Gängen und einem Gerb-Gang und ist diese Mühl weit 30 Schuh und 50 Schuh lang im Licht, vor 3 Jahren ist sie ausgebaut worden, dass mans hat brauchen können. An dieser Mühl ist die Einfahrt 16 Schuh weit und hoch gewölbt, mit einem ziemlichen Thor; an dieser Einfahrt ist ein gross Ort bis an die Stadtmaur, darinnen sollen die Unrichtigen ihre Gewölblen haben, deren 11 sein. Ist zwar dies Jahr von mir angefangen und aus dem Grund aufgeführt worden und könnten diese Gewölblen mit einem Ofen gar wohl geheizet werden. Ist meine Invention. Sonsten ist dieser Gaden aufgeführt 3 Gaden hoch und der Dachstuhl, welcher hoch und gross mit 3 Dachstühlen, zwey liegend und ein stehend aufgericht, aber noch nicht gedeckt gewest. Mehr ist eine Abseiten von diesem hinten an der Stadt-Maur, 150 Schuh lang, ist schon über Erden ein Gaden hoch aufgeführt gewesen, darunter zwey Keller, so schön gewölbt, oben darob zwey Gewölblen, auch am Eck am grossen Bau ein gewölbte Stiegen, hinauf die zwey Gäng zu gehen, und sollen die Kindbett-Stüblen und andere kleine Gewölblen auf dieser Abseiten gemacht werden; sonsten seyn die gewölbte Gäng rings herum an drey Seiten im Hof schon gemacht, gewölbt und auf Pfeiler und Bögen gesetzt gewesen.

Ich hätte diesen Bau wohl weiters gar mögen ausbauen, aber wegen der leidigen Reformation und Abschaffung unserer Diensten, da ich bis in das 30te Jahr Stadtbaumeister bin gewesen und wie vorgeschrieben so viel herrliche Gebäu in meiném Vaterland aufgeführt, solchen übrigen Bau einen andern verrichten lassen müssen.

Den 22ten April einen Anfang bey St. Servatii-Kirchlen vor dem rothen Thor ausgebrochen und solches papistischer Weis zuzurichten von meinen Herren befohlen worden; auch im Siechhaus viel gemacht. Waren damal Herr Pfleger darüber Herr Gabriel Schellenberger und Hr. Otto Lauginger Bürgermeister; habe ihnen den 9ten August meine Rechnung derenthalben übergeben, bin wohl bezahlt worden. Der Höchste verleihe, dass dieses Kirchlein samt dem Siechenhäuslen bäldist den Evangelischen wieder eingeräumet werde. 1630. St. Servatii-Kirchlen vor die Catholische repariert.

Den 24ten August an St. Bartholomä-Tag hab ich aus Befehl Herrn Constantin Imhof Bauherrn die Barfüsser-Kirchen, die Pfründ, die Hofstatt daran und in Summa den ganzen Platz zusammen müssen in Grund legen und abreissen, und hat so schnell müssen sein, dass es mich hart ankommen ist, weiss gar nicht warum und zu was Ende. Halt also dieser ganze Platz in circa 57,649 gevierte Schuh, die Kirchen samt dem Chor hält 12,810 gevierte Schuh, hält die ganze Area 70,459 gevierte Schuh. 1630. Barfüsser-Kirch und Pfründ ausgemessen.

Den 2ten September dieses Jahrs habe ich wiederum auf Befehl Herrn Constantin Imhof den Gottesacker bei St. Stephan auch abmessen und in Grund samt dem Kirchlein St. Salvator, so mitten darin stehet, legen müssen. Item des Todtengräbers Haus und Hofraithen, wie auch die Anstöss an gemeldtem Gottesacker samt dem Kirchlen darinnen halten 77,889 gevierte Werkschuh. Item zuvor Ao. 1629 habe ich aus Befehl des Herrn Constantin Imhof den 2ten October St. Anna-Kirche, die neuen Schulen, die . . . . . . das Pfarrhaus, die alte Schulen, des Helfers Haus, des Herrn Stadtvogts Bewohnung und in Summa das ganze Wesen und Hofraithen, war meiner Herren und gemeiner Stadt zugehörig, auch gemessen und in Grund geleget und übergeben und man solche Grundlegung verloren, man hat aber gewiss vermeint, sie seyn zu Dillingen verlegt oder verloren worden. Gottesacker bey St. Stephan abgemessen. St. Anna-Kirch

Habe den 7. Sept. 1630 wiederum einen solchen Abriss oder Grundlegung machen müssen, habs gleichwohl mit Willen gethan und hält die ganze Area 7759 gevierte Schuh.

Ao. 1630 den 2ten October darauf, wie jährlich sonsten gebräuchig gewesen und nur Ao. 1628 wegen des Sterbens, 1629 wegen der vermaledeiten hitzigen Reformation nit geschehen, hat man auf allen Thurn um die Stadt herum das Geschütz abgeschossen, so dann 29 malen war, dass ich mitgegangen war, und dasmal auf Göggingerthor-Thurn in der obern Wöhr einem ein Doppelhacken versprungen, aber Gott Lob Niemand davon beschädiget worden.

Vor ungefähr 18 Jahren hat sich damalen ein überaus gefährlicher Casus begeben auf dem Stephinger-Thor, als da man allemal anfieng zu schiessen, dass einem Schützen N. Schwab, ein Sailer und alter Mann, als er seinen Doppelhacken abgeschossen, ist ihme der brennende Schwamm von hinten in das Pulver-Trüchlen, so ungefähr offen dabei stunde, gesprungen. Wir neben den Zeugherren, als Herr Friedrich Endorfer und Herr Bernhard Rehlinger, auch die zwey Zeugwart dabei stunden, sein wir sehr erschrocken und haben nicht gewusst, wo wir vor Aengsten stunden, hat der alte Schwab den brennenden Schwamm in grosser Eil mit der rechten Hand heraus gelangt ohne einigen Schaden und stund noch ein ganz Pulver-Fässlein bei diesem Trüchlen; hat uns also der gnädige Gott behütet, dass es nit angangen, sonsten wären wir alle, deren unser 16 bis 18 Personen gewest, mit samt dem Thurn in die Luft geflogen. Dem höchsten Gott seye dafür ewig Lob und Dank gesaget, der uns so gnädig beschützt und behütet hat!

Sägmühl

Dieses erstgemeldte 1630te Jahr im Junio hab ich angefangen eine neue Sägmühl anstatt der alten von Grund auf zu bauen an meiner Herren Lechhütten oder Werkhof, ist 150 Schuh lang gegen dem Land gebaut und mir sehr wohl gerathen.

Wird beurlaubt

Dieses 1631ten Jahrs den 20. Jannar haben meine Herren mich Elias Holl, der ich durch göttlichen Beistand in das 30te Jahr alhie zu Augsburg bestellter Werkmeister gewesen, um wegen dass ich nicht in die päbstische Kirchen gehen, meine wahre Religion verläugnen und wie mans genennt nit bequemen wollte, beurlaubet. Derowegen ich um meinen ehrlichen Abschied und Abzug von hier angehalten, wie nicht weniger um mein bey hiesiger Stadt anliegendes Geld, in allem 12,000 Gulden. War dann vor 15 Jahren 4000 und vor 8 Jahren 8000 Gulden meinen Herren hinterlegt, mir mit 5 pro cento zu verzinsen, damit mit solchem mich und die Meinigen hernach an andern Orten zu versagen und meine fernere Wohlfarth suchen könnte. So seynd mir doch erstlich wegen hohen Geldes, so da bey Darleihung der 8000 fl. Ao. 1622 gewesen, für selbige der halbe Theil und nur um fl. 4000. ein neuer Schuldbrief gegeben worden, auch auf mein zweimaliges inständiges Bitten und Begehren meines dargeliehenen Gelds der ersten 4000 fl. mir nur, wie das Decret gelautet, aus sondern Gnaden fl. 2000. baar und der halbe Theil abgekürzt worden, aber der gebettene Abzug gütlich abgeschlagen, hingegen mir nachfolgender Abschied ertheilt worden:

Wir Pfleger, Burgermeister und Räthe des heil. römischen Reichs Stadt Augspurg bekennen und thun kund männiglich mit diesem Brief, wie dass Elias Holl unser und gemeiner hiesiger Stadt als ein Werkmeister in das 30te Jahr treulich, aufrecht, redlich, fleissig und willig gedienet, ansehnliche Gebäu allhier geführt und in seiner anbefohlnen Verrichtung sich also verhalten, dass uns seinethalben kein Klag fürkommen. Demnach er aber dem kayserl. Mandat mit Besuchung und Anhörung der catholischen Predigten kein schuldigen Gehorsam leisten wollen, so ist er vermög necbst kayserl. Befehl der obberührten Werkmeister-Stell, doch in allweg seinem ehrlich guten hergebrachten Namen ohne Schaden, entlassen und ihme auf sein Begehren dieser Abschied unter gemeiner Stadt Insigel mitgetheilt worden. Geben den 14. Januar als man zählt nach Christi unsers liebreichen und Seeligmachers Geburt Anno 1631. Dessen Abschied.

Obberührten meinen Schuldbrief, so von fl. 8000. auf fl. 4000. geringert und mir darum ein neuer Schuldbrief von meinen Herren gemacht worden, habe ich endlich aus dringender Noth dem Hrn. Georg Ammann allhier um fl. 2000. baar Geld zu kaufen geben.

Wie ich nun nach meiner Beurlaubung in das 3te Jahr wieder mein Handwerk wie ein anderer Privat-Meister das Mauren wieder getrieben bis Ao. 1632, da uns Gott durch sonderbare Gnad und starken Arm der königl. Majestät in Schweden aus der grausamen Gewissens-Bedrangnuss wieder befreyet, also bin ich hernach erst wieder unter dem schwedischen Regiment nit allein zu meiner alten Werkmeister-Stelle erhoben und neben dem Bauwerk von dem schwedischen Ingenieur zu allerhand mühsamen Fortificationen-Werkern auch stark angetrieben worden, dass ich fast weder Tag noch Nacht in Ruhe gewesen. Und hernach, wie wir Ao. 1635 wiederum in kayserl. Devotion kommen, ist mir erst mein vielgehabter schwer und getreuer Dienst dermassen mit starker Einquartierung und Contributionen belohnet worden, dass es einen Stein hätte erbarmen mögen; bin dardurch fast um alle meine beste Lebensmittel kommen und ausgesogen worden. Der Höchste ergötze mich und die Meinigen wie auch alle andere meine lieben Mitchristen, so ebenmässig hierunter viel erlitten, ihres zeitlichen Schadens und Verlusts wo nit alhie in diesem Leben vollkommentlich, so geschehe es doch in jener Welt mit ewiger Freud und erwünschter Seligkeit. Amen!

Dieses oberzählte Alles ist ein kurzer Auszug des Hollischen Geschlechts, dero Geburt, Verheurathung und erzeugten Kinder, wie auch vieler ansehnlichen Gebäuen, so sie in dieser Reichsstadt vollbracht, summarischer Weise aus Herrn Elias Holl sel. Büchlein gezogen, den Rest aber, was er für Kinder erzeugt und sonsten seine Lebenszeit gethan und verrichtet hat. Er auch Alles darzu mit eigner Hand geschrieben und seinen lieben Kindern und Erben zum Gedächtnus hinterlassen.

Er hat auch noch sehr viel kleine Gebäu hier und anderstwo verrichtet: item dem Herrn Fugger zu Mark-Biberbach, dahin er über die 21 mal berufen, dem Herrn Stadtpfleger auf sein Schloss zu Spielberg, bey St. Ulrich, alhier zum hl. Kreuz, draussen zu Wöllenburg und an andern benachbarten Orten mit Rath und Angaben und auch allerhand Augenschein, dahin er gebraucht worden, als gegen Bayern und Schwaben wegen des Lechs, Markstein und sonsten.

Dieser berühmte Baumeister Elias Holl hat endlich Ao. 1637 am heil. Ostertag sein Leben in Christo sel. beschlossen, seines Alters 71 Jahr. Der höchste Gott gebe ihme und allen in Christo sel. Entschlafenen an jenem grossen Tag eine fröhliche Auferstehung zu dem ewigen Leben, den Hinterlassenen aber auch zu seiner Zeit eine selige Heimfahrt um Christi Willen. Amen!